ハワード・キャッツ

Howard Katz

パトリック・マーバー 作
FJDC 訳

海鳥社

装幀・扉　清川直人

登場人物*

ハワード・キャッツ　五十歳あるいはその前後
ロビン　二十代前半
ジョー　キャッツの父、七十位
バーニー　キャッツの弟、四十代
エリー　キャッツの母、七十位
オリー　キャッツの息子、九歳か十歳
ジェス　キャッツの妻、四十代
ノーマン　床屋、六十代
ナタリー　バーニーのガールフレンドでキャッツのクライアント、三十位
マーシャ　キャッツのアシスタント
リッキー・バーンズ　キャッツのクライアント、二十代
カジノのウエイター1
ヴィヴ　ＴＶプロデューサー
ジム　ＴＶプロデューサー
メイ
グレッグ　キャッツのボス
ティナ　キャッツと同じ会社のエージェント
ベルボーイ

Characters

Howard Katz, fifty or thereabouts
Robin, early twenties
Jo, Katz's father, around seventy
Bernie, Katz's brother, forties
Ellie, Katz's mother, around seventy
Ollie, Katz's son, nine or ten
Jess, Katz's wife, forties
Norman, a barber, sixties
Natalie, Bernie's girlfriend, Katz's client, around thirty
Marcia, Katz's assistant
Ricky Barnes, Katz's client, twenties
Casino Waiter 1
Viv, a TV producer
Jim, a TV producer
May
Greg, Katz's boss
Tina, an agent in the same company
Bell Boy
Mr Lord
Cheryl
Martin
Felix
Boy
Mother
Security Guard
Hospital Orderly
Fred
Inspector
Dealer
Pit Boss
Casino Waiter 2
Lou
Linda
Manager

The play is set in London.

Time

The present and the past.
The action of the play occurs over one and a half years.

The action should occur continuously, without blackouts between scenes.

It should seem as if the protagonist is in a dream – though he isn't.

The play can be acted by a cast of nine: five men, three women, one boy.

It can be performed with a larger cast but not a smaller one.

The doubling of roles is sometimes significant. Where this is so it is detailed in the text.

＊　登場人物は、テクストでは左図のような形式で紹介されている。文字でイメージを描くというこのような工夫は、通常の書き方から逸脱しているので、「書記法上の逸脱」と呼ばれる。英文学ではしばしば詩の分野で利用される手法である。

ロード氏
シェリル
マーティン
フェリックス
少年
母親
警備員
病院の用務員
フレッド
監視役
ディーラー
ピット・ボス
カジノのウエイター2
ルー
リンダ
マネージャー

舞台はロンドンに設定されている。

時間

現在と過去。舞台上の出来事は、一年半にわたって起こる。

場面と場面は、間に暗転をはさまず、連続している。

主人公はあたかも夢の中にいるように見えるが、実際はそうではない。

上演[*]は九人のキャストによって演じることが可能である。すなわち五人の男優、三人の女優、一人の子役である。

それ以上のキャストによる上演は可能だが、それ以下では不可能である。

役を兼ねるということは、ときに重要な意味を持つ。そのような場合は本文に注記する。

＊　ロンドン初演では次のように、一人の俳優が複数の役を兼ねた。

○ナタリー、マーシャ、シェリル、ディーラー

○エリー、メイ、リンダ

○ジョー、ロード氏、病院の用務員、ルー

○バーニー、ジム、グレッグ、マーティン、フレッド、ピット・ボス

○ノーマン、カジノのウエイター1、警備員、監視役

○ジェス、ヴィヴ、ティナ、母親、マネージャー

○ロビン、リッキー、ベルボーイ、フェリックス、カジノのウエイター2

○オリー、少年

第1幕

Act1

現在。
公園。夜明け。
いくつもの人影がぼんやりと見える。
人影は次第に消えていき、かわりに一人の人物の姿があきらかになる。
キャッツがベンチで寝ている。
もがき苦しんで、悪い夢から目覚める。
あたりを見渡す。ここがどこかを思い出す。
腕時計を見る。持っていた灰色*のビニール袋に目をやる。
ポケットを探って白いヤムルカ**を取り出し、それで顔を拭く。
天***を仰ぎ見て神に向かってしかめっ面をする。ヤムルカを頭に載せる。
タバコに火をつける。
若い男（ロビン）が一旦ふらっと通り過ぎて、キャッツの方に戻る。

ロビン　ねえおにいさん。ちょっと、おにいさん。一本くれない？

キャッツ、わずかに見下した様子でタバコを口から取ってロビンに差し出

* 灰色のビニール袋が出てくるのは、一三、八〇、一二五、一五三、一五九ページ。中身は錠剤の入ったビンとカミソリ（一五三ページ参照）。

** ユダヤ教徒がかぶる椀型の帽子。

*** キャッツは時々神に語りかける。五三、七八、一三八、一四六、一四八、一五〇、一五八ページ参照。

す。

ロビン　それが最後ならいいよ……。

キャッツ、（投げやりな感じで）タバコを突き出す。

ロビン　お気に召さないなら結構。
キャッツ　イエス？　ノー？*
ロビン　やめとこ。お気に召さないでしょ。
キャッツ　さっきまではお気に召さなかった。けど、いいよ、やるよ。
ロビン　んにゃ、ご無礼いたしました。

キャッツ、肩をすくめてタバコを深く吸う。若い男は彼を見ている。

キャッツ　何だ？
ロビン　どっか行く？
キャッツ　あ？
ロビン　行く？
キャッツ　ああ。いや。**
ロビン　二〇ポンドでいいよ。しゃぶってやるよ。
キャッツ　朝の六時だぞ。五ポンドやるから、どっかに消えな。
ロビン　それもいいかも。

＊　この言葉はキーワードとなっている。神に向かっての問いかけ。一三六ページの注＊＊参照。現代のハムレットか？　父（ジョー）が亡霊として出てくることも考慮できよう。

＊＊　ロビンがなぜ近づいてきたのかをキャッツが納得したせりふ。ロビンが同性愛者とは限らない。金さえ稼げるのであれば手段を選ばない、飄然とした現代的な若者である。

キャッツ、ロビンに五ポンド紙幣を渡す。

ロビン　財布ごとくれよ。
キャッツ　だめだ。
ロビン　いいじゃん。財布ぐらいいいじゃん。
キャッツ　それって脅し？　泣き落とし？

短い間。

ロビン　タバコくれよ。
キャッツ　ほっといてくれよ、頼むから。
ロビン　じゃあタバコくれって。

キャッツ、タバコの箱から一本取り出してロビンに渡す。
ロビン、火をくれと身振りで合図する。
キャッツ、ブックマッチをロビンに投げる。ロビン、マッチに印刷された文字を読む。

ロビン　「カジノ」。勝った？

キャッツ、答えない。

ロビン　こんなとこで何してんの？

キャッツ　考えごと。
ロビン　へえ、そう。何を？

間。

キャッツ　自殺。

間。

ロビン　負けたから？
キャッツ　（わずかに微笑んで）いや。
ロビン　やめとけよ、おにいさん。
キャッツ　ほう、なんで？
ロビン　だって、死んだあとで後悔するって。*

キャッツ、ため息をつく。

ロビン　好きにしたら。ちょっと言ってみただけだから。
キャッツ　経験もないくせに。
ロビン　（真顔で）あるよ。

短い間。

キャッツ　ほら……。

* 死んだら後悔はできないという内容を含んだつまらない冗談。

キャッツ、ロビンに財布を渡す。ロビン、中を覗いて金目の物を探る。写真を数枚見つける。

ロビン　家族？

キャッツ、うなずく。ロビンは財布を返そうと差し出す。

キャッツ　取っとけ。

キャッツ、腕時計をロビンに渡す。

ロビン　いいのか……？

キャッツ、うなずく。ロビンはやや心配げにキャッツを見る。

ロビン　いい帽子だね。

キャッツ、ヤムルカを脱いでロビンに差し出す。

ロビン　んにゃ、それはいい。

キャッツ、ヤムルカをポケットに入れる。ロビン、立ち上がる。

ロビン　じゃ、サンキュ。

キャッツ　朝メシ食うか……？

ロビン　……どこで?
キャッツ　……マックは……?
ロビン　あんた、警察《サツ》じゃねえだろうな?
キャッツ　違う。
ロビン、キャッツを見て、考える。
ロビン　そういや、人と会う約束してたんだ……悪く思うなよ、な?
ロビン、退場。
キャッツ、考える。灰色のビニール袋の中を覗き込む。
遠くで車の盗難防止警報機が鳴り出す……。
音が大きくなるにつれ、キャッツは思い出す……。
そのキャッツのまわりに、次の場面の設定が行われる。

❖

床屋。土曜日、午後一時頃。
過去の出来事。

キャッツはポケットの中の車のキーを探り出し、ボタンを押す。
警報機が鳴り止む。

キャッツ　俺って何でも持ってるんだけど、何くれる？

バーン　やるものはない。

キャッツ　そうだよな、金持ちにろくな奴はいない。なーんにもくれなくていい。

バーン　（外を指して）警報機、反応しすぎるんだよ。

キャッツ　（キーをポケットにしまって）フィリピンあたりでチョウチョが屁をこいたんだろうよ。すまんな、ノーム。

ノーム　ほれ、椅子に戻りなよ。さあ。

バーニー（バーン、キャッツの弟）は床を掃いている。ノーマン（ノーム）はキャッツの後頭部の髪を切りながら最後の仕上げをしている。ジョゼフ・キャッツ（ジョー、キャッツの父）はオリーの髪にジェルをつけている（オリーはキャッツの息子、十歳）。
床屋は三人とも、それぞれ胸ポケットに「ジョー」、「ノーム」、「バーン」と刺繍の入った上着を着ている。エリー（キャッツの母）はレジに座っている。

ジョー　この子にコブ*が三つあるの、知っとったかの？

＊　コブ（crown）というのは、頭の一番高い部分。ユダヤ教では、比喩的に three crowns は priesthood（聖職）、kingship（王権）、Torah（ユダヤ教の教義）を指す。

キャッツ　ああ、俺に似たんだ。
ジョー　ユダヤ教ではどんな意味か知っとるか？　頭にコブが三つあるってのは。
オリー　知らない。
ジョー　コブを三つ持ってるってことじゃよ。
ノーム　しまった！* 今、切れんかったかな？
キャッツ　いや。

バーンがカウンターからウクレレを取ってきて弾き始める。

バーン　だから言ったじゃない。「あれは『ブツ』**で、『道具』って言わないんだよ」って。
キャッツ　何のこと？
バーン　ピストルさ。あれは「ブツ」なんだよ。「道具」じゃなくって。
キャッツ　じゃあ「道具」は何なのさ。
バーン　尖ってない物。
キャッツ　ナイフは「道具」だと思ってたけど？
バーン　違うね。ナイフはドスってんだよ。
エリー　バーナード、子供の前でそんな話。
ノーム　（キャッツの服についた髪をブラシで払いながら）こんなんでいいかい？

＊　答えを期待していたノームにとっては拍子抜けのせりふだったため、思わずずっこけた。

＊＊　ピストルやナイフといった武器に関するスラングの知識をめぐってバーンとキャッツがやりとりする。キャッツはのちにこの隠語を試してみることになる（一〇五ページ参照）。

キャッツ　ああ、いいね。ありがとう、ノーム。
ノーム　お安いご用さ。

ノームは床を掃き始める。ドアの鈴が鳴り、ナタリー（ナット）が入ってくる。

ナット　ハイ、エリー。
エリー　いらっしゃい。
バーン　ハイ、ダーリン。

ナタリー、彼にキスする。

ナット　仕事終わった？　あ、いいのよ、働いているあなたも好きだし。
バーン　セクシーだろ、散髪屋って？
ナット　はいはい。ね、ハワード、あれが例の新しい車？
キャッツ　ピンポン！　どう思う？
ナット　あなたあれ「ナウい」と思ってるでしょ。
キャッツ　わかっちゃいるけどね。
バーン　*兄貴のこと好きじゃなかったら、軽蔑したとこだぜ。
キャッツ　まあわかってるって。
エリー　二人で試合見に行くんでしょ？
ナット　ええ……。

＊　ナタリーに向かって言うせりふ。

エリー　サッカーは好き？
ナット　それほどでもないんですけど、エリーは？
エリー　昔は行ってたんだけどね、やめたの。
ナット　どうして？
エリー　騒がしいったらありゃしない。匂いもたまらないし。
オリー　*どことやるの？
バーン　ノッツ・フォレスト。
ジョー　サッカーがスポーツだったときのことを思い出すよ。
バーン　ほら、また始まった……。
ジョー　スポンサーのためのお祭りパーティなんかじゃなかった。
バーン　兄貴、サッカー選手もつかまえたら？
キャッツ　あんなわがまま連中にかまってる暇なんてないぞ。こいつで手一杯だからな。（ナタリーを指す。）
ナット　じゃあ一体どうして仕事をくれないのよ？　マネージャーさん？
キャッツ　交渉してるとこなんだって！
ジョー　（ナットに）だが、テレビで見たぞ、ゆうべ。
ナット　再放送よ。
ジョー　なんであんなもんを？
バーン　父さん！
ジョー　あんたは良かったけど、あの番組はいただけんな。顔に鋲を打ち

＊　彼らが応援しているチームがどこかは不明だが、歴史的にユダヤ人地区で人気のあるチームは、ロンドン北部の **Tottenham Hotspur**　ノッツ・フォレスト（**Notts Forest**）は、**Nottingham Forest** の略称。イギリスでの上演時（二〇〇一年）は、ディヴィジョン・ワン（二部リーグ）でプレーしていた。

ナット　込んだあいつは何なんだ？
ジョー　歌手よ。「今どきの若いもん」には人気なのよ。
キャッツ　あんなのが？　俺たちが若い頃は、反体制*でブイブイ言わせとった。
ジョー　思想を持って生きるって、どういう感じ？
バーン　（わざと悲しんで）永遠に堪え忍ぶってことだよ。
ジョー　何してたのさ、あんな夜中に？
エリー　眠れんかった。母さんのイビキでな。
ジョー　イビキなんか、かきゃしませんよ。
　　　そうそう、五十年間イビキなんてかいたことなかったってさ。
　　　（オリーに向かって）いかがですか？　だんな？
オリー　いいね。ありがとう、おじいちゃん。
キャッツ　（オリーに）いっちょまえになったな。
エリー　かっこいいわよ、オリー。
ジョー　店のおごりにしとく。
キャッツ　父さん……。
ジョー　いいってことよ。
　　　キャッツ、エリーにこっそり金を渡すために近寄る。
　　　ジョー、それに気づく。

* ベトナム戦争反対運動などの社会的な活動が盛んだった、自分の若い頃について言っている。

ジョー　ハワード、財布をしまいな。言っただろ、「店のおごりだ」って。

突然、キャッツを除いて全員フリーズする。キャッツ、財布（ロビンにやったもの）を見つめる。そして家族を見つめる。

ドアの鈴の音とともにアクション再開。

キャッツ　あ、帰ってきた！

ジェス（キャッツの妻）が買い物袋を提げて入ってくる。

キャッツ、彼女にキスする。

キャッツ　さ、持つよ。

ジェス　ありがと。（キャッツの髪をくしゃくしゃにする。）あら、かわいい。

エリー　すまないね、ジェス。

ジェス　いいのよ。（オリーに）まあどうしたの！　すごいスタイリストに切ってもらったのね。

オリー　おじいちゃんだよ。

ジョー　なんとかできた。

ジェス　あらナット、素敵じゃない、その髪。

ナット　そう？　ありがと。

ジェス　ほんと、素敵よ。

ナット　ありがと。バーンは気に入らないって言うんだけど。
ジェス　あら、どうして？
ナット　自分が切ったんじゃないから。
ジェス　絶対切らせちゃダメよ。
ナット　ええもちろん。
バーン　（キャッツに）女ってたいそうなもんだよな。
キャッツ　いや、こいつらだけだよ。
バーン　（ナットに）オレたちドロンするんじゃなかったっけ？　どうする？
ナット　あなたがぐずぐずしてるんじゃない。行きましょ。

バーン、オリーが二人を見ているのに気づく。

バーン　（オリーに）オル、今度試合に連れてってやろうか？
オリー　（ジェスに）いいの？
ジェス　もちろんいいわよ。
バーン　（オリーに）キマリな。じゃ、おつかれ！
ナット　（キャッツに）ハワード……。
キャッツ　（ナットに電話すると身振りで示して）来週な。いいかい？
ナット　ええ。じゃ、また。

バーンとナタリー、退場。

キャッツ あいつうまいことやるよな。

ジェス あら、バーンは素敵よ。

キャッツ 好き者だからって素敵とは限らないぜ。

ジェス それも大事よ。

ジョー （エリーにキスして）その道の大御所が伝授したからな。それが秘訣なんだよ。

エリー （ジェスに）この人たちったらいつまでたっても子供なんだから。歳ばっかりとって。

ジェス ジョー、こっちは新品同様よ。自分で直したわ。

ジェス、ジョーに腕時計を渡す。――キャッツが前の場でロビンにやったもの。

ジョー ジェシー、ありがとう。どこがおかしかったんだね？

ジェス バランス・スプリング――大丈夫、もう直ったから。

ジョー （オリーに見せて）いつかこれはお前の物になるんだぞ。とても古い時計だ。わしの父さんがくれたんだ。

オリー 大きすぎるよ……。

ジョー お前の手に渡る頃には、ピッタリになってるだろうよ。

オリー　いつくれるの？

ジョー、キャッツの方を見る。キャッツはジェスを見る。

ジェス　大きくなったらね。

ジョー　わしがこれを大事にする。その次はお前の父さん、その次がお前だ。

ジョー、腕時計をはめ、ウクレレをかき鳴らし始める。「恋のランプポスト」*だ。

ジェス　（エリーに）二階まで持っていきましょうか？

エリー　そうしてくれる？　ありがとう。（オリーに）お前も持ってくれるかい？

エリー、買い物袋を持って退場。オリーがもう一つ持ってあとに続く。ジェスは自分のを持つ。キャッツ**、彼女に近づいて両腕を回す。

キャッツ　やあ……。

ジェス　どうしたの？（ジョーに）この人、大丈夫？

ジョー　大丈夫なわけないだろ、もう五十だよ。

ジェス、笑って出ていく。キャッツは父がウクレレを弾くのをしばらく見

* ジョージ・フォーンビー（George Formby）の歌「恋のランプポスト」。一一二ページ参照。フォーンビーはイギリスの映画俳優、ミュージシャン。第二次世界大戦中に活躍し、戦時下の若者たちを勇気づけた。「恋のランプポスト」はミドルテンポの明るい曲で、一九三七年にレコード発売されている。同じくフォーンビーの曲に"I'm the Ukulele Man (1940)"があり、バーンやジョーがウクレレを弾くところから、キャッツ一家にとっては家族の団欒でよく歌われるおなじみのスターなのであろう。

** キャッツが狂っていく前兆。普段と違う様子を心配したジェスの質問にジョーは性的な含みを込めた冗談で返す。

ている。

ジョー、顔を上げてキャッツに微笑みかける。

ノーマンは帰る準備ができた様子。キャッツ、こっそり一〇ポンド紙幣のチップを握らせる。

ノーム　じゃ、また月曜な。ジョー。
ジョー　良い週末を。何か予定は？　だんな。
ノーム　弟とゴルフだよ。
ジョー　グッドラック！　こてんぱんに負かしちまえ。
ノーム　じゃあな、ハワード。
キャッツ　（自分の髪を指差して）ありがとうな。
ノーム　お安いご用さ。
ジョー　おい、ノーム、頼んでいいか？　上がりを数えてほしいんだが。
（キャッツに）あとで上がってくるか？

キャッツ、うなずく。ジョー退場する。

キャッツ、散髪台に腰かける。金を数えているノームを見る。

キャッツ、泣き始める。ノーマン、見上げる。キャッツは顔を覆う。

ノーム　ハワード？　どうかしたのか？
キャッツ　（静かに）わからんよ。何なのか、わからん。

❖

マーシャ登場。場面はキャッツの事務所。机、コンピューター、書類などがある。

マーシャ　おはようございます、キャッツさん。

キャッツ　誰?

マーシャ　マーシャです。新しいアシスタントの。

キャッツ　そいつあいい。ダンヒルを四十箱買ってこい。

マーシャ退場。電話が鳴る。キャッツ、受話器を取る。

キャッツ　(電話に向かって)フィル!　フィル——聞いたら飛び上がる話だぜ。ジェイソン・ボイスだ。(キャッツ、笑う。)おいおいもう飛び上がってるのか?　落ち着け。ジェイソン・ボイスのアホがオレにこう言ったんだ。「なあ、ハワード、女やクスリやロックンロールには飽きちまったよ。パーティ、プレスの連中、パパラッチ、コソコソウロウロうるさいサインねだりのファンたち、もうウンザリ」。ぺらぺらまくし立てやがった。ドリルみたくな。

そうさ、芸能人が言いそうな「苦悩」とやらをあれこれ全部並べたってワケ。で、ついに、ついに、とうとうついに、こう言ったんだ。「ハワード、オレは生き方を変えることにした。チベットに行って一年暮らすぜ。ほったて小屋にこもってパイプをくゆらすんだ。笛でも習ってさ」。（キャッツ、喜んでのどを鳴らす。）で、俺はこう言った。「そいつあいい！　やれよジェイス。何でも好きなことやったらいいさ」。奴はこう言った。「そうさ、やってやるぜ。絶対やってやるぜ」。
で、どうなったと思う？　知りたいか？
スウォンジー*での三カ月のロケに契約したのさ。かぶりものがお似合いなんだよ！
「長靴をはいた猫」**やるんだってよ！
何？　キャスト***に空きだって？　知るかよ。

キャッツ、受話器を置く。マーシャ登場。走ってきた様子。

マーシャ　おタバコです。キャッツさん。

キャッツ、片ひざをつく。

キャッツ　どうか先ほどの失礼をお許し下され。

マーシャ　あ、いえ、そんな、キャッツさん。

*　ウェールズ南部の港町。

**　「長靴をはいた猫」は着ぐるみショーでは定番の題目。

***　キャッツはかぶりものの仕事を馬鹿にしているが、相手のフィル（エージェント）はキャッツの意図に全く気づかず、「そのかぶりものにうちのタレントも使えないか」と言ってきている。相手の理解の鈍さにキャッツはがっかりし、嫌がりながらこのせりふを言う。

キャッツ　（タバコを見て）俺におっぱいがついてるか？　（タバコの箱を振り回す。）こりゃライトだ。俺が吸うのは本物なんだよ。

マーシャ　以後、気をつけます。

キャッツ　昼食会の予定は入ってるか？

マーシャ　バリー・コックス様です。たった今確認のお電話を下さいました。

キャッツ　なんでバリー・コックスが俺とランチしたいかわかるか？

マーシャ　あ、あの失礼ですが、バリー・コックス様っておっしゃいますと？

キャッツ　そこなんだよ！　聞いたこともねえだろ？　だから奴がランチしたいわけがわかるだろ？

マーシャ　た……たぶんキャッツさんの……お力が欲しいから？

キャッツ　そう。お力さ。俺のマネジメントが必要なんだよ。もうあいつ「崖っぷち」だからな。奴が俺の「お力」を求めてきたら、俺は何て言う？

マーシャ　え、ええと……考えておく、とか？

キャッツ　その通り。考えておく、って言うよ。つまりそれは？

マーシャ　つまりノーということですか？

キャッツ　よろしい。座れ。この業界じゃな、誰かがお前に「考えとく」って言ったら、その本心は「ノー」ということだ。俺たちに考えさせるようなものは嫌われるぞ。「世界はクソ。人間、単なるハエ*

＊　原文はThe world is a turd and we are but flies. シェイクスピアの『お気に召すまま』二幕七場からの「世界は舞台、男も女も役者に過ぎない」（All the world's a stage, where all men and women merely players.）のもじり。

にすぎない」。おたく、本当にこんなおぞましい業界に入りたいの？

マーシャ　ええ、その、もし――

キャッツ　*バズとのランチ、一緒にどうだ？

マーシャ　ええ……ぜひそうしたいんですけど……その……仕事が……。

キャッツ　はっきりしゃべれよ。ったくもう。

内線電話が鳴る。キャッツは出るようマーシャに身振りで指示。

マーシャ　（電話に向かって）こちらキャッツのデスクでございます。マーシャが承ります。……かしこまりました。（キャッツに）リッキー・バーンズ様が受付にお見えです。

キャッツ　（驚いて）あいつが、今？　いつか――いや、今日かもしれん――リッキー坊やがお前のレースのパンツの中を探ろうとするぜ。気をつけろ。あいつは病気だぜ。

マーシャ　私、婚約者がいます。

キャッツ　取り次げ。

マーシャ、退場。キャッツの携帯電話が鳴る。ディスプレイを見て顔をしかめ、電話を受ける。

キャッツ　（電話に向かって）メラニー！　（しばらく相手の話を聞く。）本

＊　バリーの略称。

当のことって？

本気か？

本当に本気なのか？

わかった。お前に仕事がない理由は、やりすぎたんだよ、お仕事を。

顔にだよ。そうだ。

もちろんみんな知ってるさ。

知ってるに決まってるだろ。

どうしてかって？　しかめっ面ができないじゃないか。

しかめっ面はすごく表現力のある表情《かお》だぜ、なあ。

違うって？　いや、そうなんだって。

ここまで言っちまったからついでだ。お前は口のわりに歯がでかすぎる。唇も顔に比べてでかい。飯食ってんのか？　棒切れに頭蓋骨が載ってるみたいだぜ。

カメラ映りサイアク。これがお前に仕事がない理由。ひどくないさ。お前が聞くからさ。

じゃ、勝手に落ち込んでろ。

俺は何もしちゃいないぜ。自業自得さ。

マーシャがリッキー・バーンズ（リッキー）を案内してくる。彼はサングラスをかけている。

マーシャ　キャッツさん、リッキー様がお見えです。

キャッツ　おう、スリムになったな。ステキだよ。

リッキー　そうかな？　ありがとう。

キャッツ　ティー・オア・コーヒー[*]？

リッキー　いや、結構。

キャッツ　（マーシャに）下がれ。

マーシャ退場。キャッツ、リッキーのスーツを撫でる。

キャッツ　いいじゃない、これ。アルマーニ？　ヴェルサーチ？　それとも天使の衣？

リッキー　ヒューゴ・ボスだよ。

キャッツ　その中でも一番上等のモンだな——食っちまいたいくらいだぜ。

リッキー　ゴメン[**]、いきなり。いいかな、時間的に？

キャッツ　ナンバーワン[***]のお客様はいつでもウェルカムですって。ところで若旦那、君宛てにでかい額の小切手を銀行に預けたよ。例の広告料さ——イカシた[****]ラップのヒヨコちゃん！

キャッツはラップ口調でまくし立てる。様子がおかしいと気づき、次第に

＊　原文はフランス語。本作ではキャッツをはじめ業界人に外来語を多用させている。

＊＊　原文のリッキーの言葉遣いからは、彼があまり高い教育を受けていないことがうかがえる。翻訳ではそのニュアンスを出すよう試みた。

＊＊＊　原文はイタリア語。

＊＊＊＊　リッキーは鳥のかぶりものをしてＣＭに出ていた。スターらしからぬＣＭである。

静かになる。

リッキー　我慢できないんだ。

間。

キャッツ　我慢できないって、どれくらい？

リッキー　もう我慢の限界。

電話が鳴る。キャッツ、受話器を取る。

キャッツ　（電話に向かって）失せろ。（リッキーに）どうして？

リッキー　あなたはやりすぎる……ようなときがある。

キャッツ　何だって？

リッキー　みんな……業界の人は、あなたはやりすぎだって思っています。打ち合わせなんかで「ハワードでどう？」って話が出ると、みんなうんざりした顔するんです。

キャッツ　人がうんざりするからって、この六年間をトイレに流しちまうのか？

リッキー　いや、ただ僕は——今の僕には——あなたみたく強引な人じゃ困るんです。

キャッツ　強引なのが俺の仕事なんだ。すべきことなんだ。俺が悪者に見えるからお前が良く見えるんじゃないか。それが「マネジメント」ってものさ。

リッキー　わかるよ。でも、ほら、そうやって当たり散らすところが……ちょっと……ちょっと時代遅れなんだよ。業界は変わっていってるんだよ、ハワード。

キャッツ　「業界」だって？　お前はまだヒヨコだ。おい、今日は曇りだぜ。

リッキー、サングラスをはずす。

キャッツ　どうも。リック、何てザマだよ。俺がわかってないとでもいうのか？　俺って古いか？

リッキー　いや――

キャッツ　古いんだよ――キャリア*があるってことだよ――俺が始めたようなものなんだぜ、この業界。

リッキー　ハワード――

キャッツ　リッキー、リッキー、リッキー。リッキー。いや、ほんとはダレンだ。六年前、お前は何だった？

リッキー　ハワード――

キャッツ　お前は配管工の片割れだったんだぜ、ダレン。「配管工仲間の若僧」、それがお前だった。マイナーチャンネルの日曜大工の番組に出てた。それが今じゃ国民的スターだ。どうしてそうなったと

＊　原文は **I'm as old as the wheel.** wheel（車輪）は「人類初期の発明」という意味で使われている。キャッツは自らを業界においてそれほど古く不可欠な存在と位置づけている。

リッキー　思う？　俺がいたからさ。

キャッツ　もちろんあなたにはゼンゼン感謝してる。でも、人には変化が必要なんだよ――

リッキー　俺には必要ない。

キャッツ　すごくつらいけど、これが現実なんだ。

リッキー　間。

キャッツ　グサッとくるぜ。わかってるのか？（あきらめて）で、誰なんだ？

リッキー　ジョージーナ・フリーマン。

キャッツ　あいつは俺のアシスタントだったんだぜ。電話番のお譲ちゃんだ。

リッキー　でも実際、みんなから信頼されてるよ。

キャッツ　ちゃんと仕事してるときはな。でもどうだ？　すぐにサボるし。結婚したり離婚したり。そうじゃなきゃ信頼されるんだけどな*――四人も子供がいるんだぜ。あいつは忙しい女だ。ハワードおじさんなら、お前のそばにいつでもいるぜ。昼でも夜でも。

リッキー　もう決めたんだ。すまないと思ってる。

キャッツ　うそつけ。ほっとしてるくせに。でも、「自分で言いにきた」。それには礼を言うよ。

リッキー　これくらいしかできなかったんだ、ハワード。わかってくれ、あ

* 英語圏では一般に、子供がいる状態で「離婚中」（between marriages）といえば、「仕事ができない時期」の意味となる。

なたがいなかったら、今の僕はいない。僕にもそれはわかってる。

キャッツ　負け惜しみで言うんじゃねえぞ。腹が立って言うんだ。——最初からはっきりしてたんだ。そこがわかんなきゃな。お前には才能がない。お前はラッキーだったんだ。すごいマネージャーがついてただけ——

リッキー、口を開こうとする。

キャッツ　——反対するしかないだろうが、本当のこと言うとな、お前にはこの業界の仕組みを理解するだけのオツムがない。お前はあぶく。*いつかは壊れて消える。誤解するなよ。出てって悲しいんじゃねえ。悲しいフリをしただけ。礼儀としてね。

リッキー、唖然として腰を下ろす。

キャッツ　出てけ、ゴールデンボーイ。これからの人生、メチャメチャにしたいんだろ。やれよ。俺は忙しいんだ、人助けで。

❖

＊　一二七ページ参照。

夜。ジョーとエリーのアパート。キャッツと父親が台所のテーブルでバックギャモンをしている。

ジョー　ラヴァース・リープだ。*
キャッツ　ダブルにしていい？**
ジョー　よし受けた。わしゃバカだなあ。

キャッツ、倍数ダイスを裏返す。二人はもうしばらくゲームを続ける。
ジョー、手を止め、キャッツを見る。

ジョー　じきに母さんが戻ってくる。ほかの誰にも言えんことだからお前に言っときたいんだが……こんなこと、聞かせてすまんが……けどな、誰かに言っとかにゃならんから……。ヨム・キプール***の日にはシュール****に行って懺悔する。でも、償いきれん。俺は……女がいる。好きな女が。もうずっと長いことな。
キャッツ　どのくらい？
ジョー　何年も。何十年も。別れたり、より戻したり。
キャッツ　そうか……。
ジョー　続けていいか……？
キャッツ　ああ……。
ジョー　で……四週間前、向こうからもう終わりだって言ってきた。結婚

＊　バックギャモンの用語で、「天使の跳躍」。五と六のダイスが出た場合のこと。コマをもっとも安全に逃がせる手である。
＊＊　掛け率を倍にすること。掛け率は二・四・八・一六・三二・六四まであり、ダイスを振る前に掛け率の書かれた倍数ダイスで設定する。
＊＊＊　「贖罪の日」。ユダヤ教の新年十日目の節目で、年間で最も厳粛な日である。この日は一日を懺悔と経書の朗読で過ごす（吉見崇一著『ユダヤ教小辞典』〔リトン、一九九七年〕による）。
＊＊＊＊　シュール（shul）は「シナゴーグ」と同じような意味だが、イディッシュ（Yiddish＝東ヨーロッパのユダヤ人社会で独自の発展を遂げたヘブライ語）であるため、仲間内言葉といった響きがある。

してくれる男ができたんだと。もう……俺は……生きていたくない。引導渡された気分だ。

キャッツ　どうして母さんと別れなかったの？

ジョー　誓ったからな……神様の前で、一生を共にすると。

キャッツ　二人とも若かったんだよ、父さん、純粋だったんだ。結婚してみりゃ世界は変わるさ。

ジョー　でも、神様は変わらんよ。

間。

キャッツ　名前は？

ジョー　メイ。

キャッツ　ユダヤ教徒？

ジョー、首を振る。

キャッツ　年下？

ジョー　まあ、少しだけ。六十四歳だ。

キャッツ　母さんは知ってるの？

ジョー　ああ、知ってる。わしらの間は……冷めてるんだ。

キャッツ　わかってるよ。

ジョー　お前たちは？

キャッツ　まあ時々ね。……俺のあそこは世界一小さいんじゃないかって思うよ。

ジョー　お前の弟はロンドン一のでかさを自慢してるのにな。

キャッツ　脳味噌は一番小さいけどな。

ジョー　父さんのために善行を積んでくれんか？

キャッツ　もちろん、やるさ。

ジョー　言っとくがな、大変だぞ。火葬*してもらうことに決めたんだ――

キャッツ　父さん――

ジョー　わかってる。禁止されてることは承知だよ。けどな……俺の魂は……神様のもとに行く資格はないんだ――

キャッツ　長いこと墓の権利のために積み立ててきたじゃないか。

ジョー　ウィルズデン**の墓地に行くためにな。随分払った。たぶん、権利は人に譲れるかもしれんから――お前、ウィルズデンに行くか？

キャッツ　父さん……。

ジョー　俺は改革派***の教えに従う。いいな？

キャッツ　わかったよ、俺はいいけど。ずっと教会に行ってないし。いつからだっけ――

ジョー　成人式****には行ったな。それだけは覚えとる。まあ……お前は忙しいし、いろいろやっとるのもわかってはいるが、お願いだ。カディッシュ*****を覚えてくれんか？　例の……遺灰を撒くときの。

* 古代ユダヤ教では、火葬は罪人に対する刑罰として行われていた。

** ロンドン北部の地名。

*** 「改革派ユダヤ教」のこと。一九－二〇世紀にかけて近代化に伴い合理化したユダヤ教。

**** 原文は bar mitzvah「男性の成人」または「それを祝う儀式」を指す。男性は十三歳で正式な成人となる。

***** 主にアラム語の頌栄で、共同の祈りの各区切りごとに、また礼拝そのものの終わりに唱えられる。また両親や近親者の死で喪に服す者が、またその記念日に遺族が唱える習慣がある（吉見崇一著『ユダヤ教小辞典』による）。

キャッツ　唱えてくれんか？

ジョー　ヘブライ語は読めないよ、父さん。忘れちまった。

キャッツ　教えるさ。ほら何といったかな――読み方を勉強するあれでさ。

ジョー　フォニックス*だよ。

キャッツ　やってくれるんだな？

ジョー　もちろん。二十年もあればね、父さんが死ぬまでには。

キャッツ　いや、すぐ始めよう。お願いだ。一、二時間で片づけよう。（ジョー、戸惑っているキャッツを見る。）なあ、こんなおやじは変か？

ジョー　やってもいいよ。そんなに……気にかかるんなら。

キャッツ　ほんとか？

ジョー　ほんとだって。けど父さん、生きていたくないなんて言わないでくれ。みんなそう思うもんだよ……たまにはね。時間が解決するさ。

キャッツ　キャッツは両腕を父親に回す。ジョー、泣き始める。キャッツ、ジョーを抱きしめる。

* 原文は Phonetics（音声学）だが、厳密には phonics（つづり字と発音の基礎）のことだろう。

❖

夜。カジノ。キャッツは母親と一緒にいる。彼女の前には小さなチップの山ができている（約七〇ポンド相当）。

エリー　あらどうしましょ。ツイてるわ。いつもそうよ。
キャッツ　そう？
エリー　いつもよ。
キャッツ　秘訣は何？
エリー　ツキを呼ぶためのの？　ツキが逃げたときを知ることね。

ウエイター*が近づいてくる。

ウエイター　ご注文は？
エリー　コーヒーを。
キャッツ　俺にも。ありがとう。
ウエイター　コーヒーお二つですね。

ウエイター退場。

エリー　ジェシーが言ってたわ。お前、あれやってるんだってね。ほらあ

* 初演では、ノーム役と同じ俳優が演じた。

の……何だっけ？

キャッツ　浮き風呂だよ。あいつが行けって言ったんだ。浮き風呂ってのは……暗い……カプセルで、塩水が張ってあるんだ。そこに裸になって仰向けに浮かぶのさ。クラシックとか鳥の声が流れてて、リラックスするんだ。

エリー　水はお客ごとに変えるんでしょう？

キャッツ　さあ、どうかな。たぶんね。

エリー　確かめとかなきゃ。他人が入った水の中でどうやってリラックスしろっての？

キャッツ　いや、どのみちリラックスなんてしてないさ。

エリー　そりゃそうでしょうよ。

キャッツ　どうしてリラックスできなかったかって言うと――

エリー　あんたはね、ストレス溜まってんのよ。いつもそうだわ。

キャッツ　そう？

エリー　いつもよ。あんたは心配性なのよ。バーナードなんか首が胴体から落ちたって、笑ってるわよ。

キャッツ　とにかく、今日、その浮き風呂に浮かんでて……いろいろ考えごとしてたら、落ち着いてられなくなったのさ――じっとしてられなかった。それで叫び出したんだ。そしたら仕方なく出してくれたよ。

エリー　ジェスとうまく行ってないの？
キャッツ　いや、もちろんそんなことないさ。（首を振る。）時々思うんだ……俺はまだ何もしちゃいないんだって……。
エリー　あんなにいい息子がいるじゃないの、ハワード。
キャッツ　あいつは母親っ子だよ。
エリー　男の子はみんな父親っ子なもんよ。
キャッツ　俺はどうだった？
エリー　あんたはね、バスの運転手になりたがって、そのあとはスパイだったわね。その次は警官。その次は浮浪者。だから？
キャッツ　だから心配いらないって。俺は大丈夫。
エリー　そんなふうには見えない。いろいろやってみるのよ。気分転換に。
キャッツ　そんなこと考える暇はないよ。どこに行けば――ユダヤ人はどこに行けばいいっていうんだい？　人生についてじっくり考えたいとき。ほかの奴らは修道院にチェック・インすればいいけど、ユダヤ人はどうすりゃいいの？
エリー　ジャングルに行くのよ。
キャッツ　あ？
エリー　サファリに行っといで。旅行に出かけたらいいのよ。例えば……ルー、ルー・グロスマンみたいに。リンダ、知ってるでしょ――ブラックジャック・リンダ*――旦那のルーはアフリカに行ったよ。

＊　原文はkalooki Linda　kalookiはブラックジャックに似たトランプ遊びの一種で、イギリスでは特にユダヤ人の間で人気が高い。キャッツは実際、kalooki Lindaに会うことになる（一四四ページ参照）。

あの二人は……パック旅行だっけ、あれが好きなのよね。帰ってきたときにゃ若返ってたのよ。今じゃアーチェリーやってんだって。

エリー　母さん、俺はルー・グロスマンとジャングルに行く気なんてないよ。

キャッツ　行ってきたのよ。もう行かないわよ。お願いだからキブツ*にだけは行かないでちょうだい。

エリー　行かない。約束するよ。

キャッツ　(切なそうに) 行ったら戻ってこなくなっちまう……。

短い間。

エリー　誰が？

キャッツ　お医者や歯医者、弁護士たちよ。行っちまったが最後、死ぬまでオレンジ摘んで暮らすのよ。

エリー　(キレて) なんでそんな話になっちまうんだよ！　いや、ごめん。ごめんよ。

キャッツ　そこそこやってけりゃいいと思っただけよ。幸せとまでは言わない。不満がなけりゃそれでいい。

エリー　キャッツは母親の方を見る。彼女は顔を背ける。キャッツ、彼女の片手を

＊　イスラエルにある集団農場。共同体で生活する。国内に数百存在する。

握りしめる。

キャッツ　もう少しやる？

エリー　いや、換金してもらうよ。いくら負けたの？

キャッツ　二〇〇〇ポンド。

エリー　大丈夫？

キャッツ　いんや。

エリー　もっと控えめに賭けなきゃ。

キャッツ　うんにゃ。スリルがないもの。

エリー、自分のチップをキャッツの方に押しやる。

キャッツ　母さん……。

エリー　やるよ。

キャッツ　母さんのじゃないか。母さんが勝ったんだから。

エリー　また勝つから。お前にもらってほしいのよ。

キャッツ　何言ってんだい。

エリー　（悲しげに）お願い……少しくらいは私からもらってちょうだい。一生に一度でいいから。

間。

キャッツ　わかったよ。（優しく）ほんとにいいの、母さん？　ありがとう。
エリー　さ、換金しておいで。外で待ってるから。

エリー退場。キャッツ、ゆっくりと彼女の残したチップをかき集める。
ウエイターが戻ってくる。

ウエイター　コーヒーお二つ、お持ちしました。
キャッツ　もういいんだ。でも、ありがとう。

キャッツ、チップを全部ウエイターの盆の上に載せる。

ウエイター　これは？
キャッツ　やるよ。
ウエイター　ありがとうございます。

❖

バー。キャッツが現れる。クライアントのナタリーがジムとヴィヴ（二人はテレビのプロデューサー）と一緒に座っている。

ジム　おーっ、ハワード様のお出まし！

キャッツ　よう。ジム、ヴィヴ。やあ、ナット。
ジム　君の素敵なクライアントが僕らを楽しませてくれててね。
ヴィヴ　面白いものは面白いっていうけど、この子ったら、ほんとに面白いわ。
ジム　ほんとに面白い。
ヴィヴ　しかも怒ってる。
ジム　怒ってるのがまたいい。
ナット　（少し心配げに）怒ってるふうに見える？
ジム　そこにウイットがあるんだ。皮肉っぽくっていいよ。例の番組でビデオのコメンテイターをやったときの君――ケッサクだったよ！
ヴィヴ　最近はテレビ、テレビで、何もかも、そうねえ……ありきたりなのよ。
ジム　ありきたりなモノは嫌いだね。
ヴィヴ　それで、この席は――
ジム　この会話は――
ヴィヴ　この一杯は……「ラスト・シーン」行くわよ、ヴィヴ。ジムと私は新しい番組を任されてて。深夜番組よ。タイトルは「ザ・鼓動」――
ジム　それとも「鼓動」だけか……。

ヴィヴ　決めちゃいましょうよ……（ナタリーに）どっちがいいと思う？
ナット　うーん……「ザ・鼓動」。
ヴィヴ　ほらね！　言ったでしょ？
ジム　女同士つるんだな！　ハワード、男の味方をしてくれよ！
キャッツ　「ザ」。
ジム　降参！　ほんとはね、「お歴々」からは「時代の波倶楽部」にしろってお達しがあったんだ。でも僕ら、もしもし？　それ却下みたいな。ジッサイ、タシカに、カンジとしては、時代の波を探るってことだけど、それを大っぴらにまくしたてることはないだろ？

短い間。

ナット　どんな内容なの？
ヴィヴ　まだ大枠を作ってる段階なんだけど、基本的に「ザ・鼓動」は毎週いろんなクラブでロケする連続番組よ。現場も様々、内容も様々、何が起こるかわかんないの……。
ジム　音楽、コメディー、政治、芸能ネタ、犯罪者まで出てきたりして、つまり「お色気お笑いホラー」番組さ。B級みたいに聞こえるだろうけど、これが僕らのモットーなんだ……。
ヴィヴ　だから……。

ジム　パーソナリティーにはリッキー・バーンズが決まってるんだけど、もう一人強力な片割れを探してるんだ。若くてクールな子をね。(ナットに) 知ってるかい？　リッキー・バーンズ。
ナット　ええ……会ったことあるわ……その*……素敵な人ね。
ジム　芸能界のホープさ。
ヴィヴ　だから……「つまり」なわけよ……。
ジム　(ナットに) 僕らは君のこともホープだと思ってるんだよ。つまりね、僕個人的にも、君と手を組みたいと思ってる……。
ヴィヴ　結論。一緒に「ザ・鼓動」を作ってみない？

ナタリー、キャッツの方を一瞥する。

キャッツ　「だめ」だろうね。うん、「だめ」だ。悪いけど。

間。

ジム　そーか。なるほどね……。
ヴィヴ　どう……してかしら……？
ジム　何がだめなのかな……。
キャッツ　何がって……君たちはクソを切り売りして稼ぐ嫌味な奴だから。

沈黙。

* 「その……」のあと「キャッツのオフィスで」と言おうとするが、キャッツとリッキーの関係を考え、言葉を飲み込む。

キャッツ　（慌てふためいて）冗談だよ！　冗談に決まってるだろ！　もちろん乗り気だよ。そうだろ？　ナット。

ナット　ええ、もちろん。

ジム　なんだよー、驚かすなよー！

キャッツ　（ヴィヴに）またあとで話そう。いいな？（グラスを掲げる。）

全　員　「ザ・鼓動」に！

❖

キャッツは息子のオリーと動物園に来ている。二人はペンギンのプールの前にいる。

オリー　パパ……。

キャッツ　なあ、オル、アイスクリーム欲しくないか？

オリー　いらない。

間。

キャッツ　ペンギン[*]見ててどう思う？

オリー　もしかして悲しいのかな……。

＊　英語圏では、しばしばペンギンは笑いの対象となる。ここでのペンギンは芸能人を象徴しているとも取れる。

キャッツ　どうして？
オリー　だって鳥なのに飛べないんだもん。
キャッツ　おいおい……こいつらは……気づいてないさ、そんなこと。悲しくなんかないよ。それが当たり前なんだ。ニシンか何か待ってるだけさ。大丈夫。

オリーはよくわからないままうなずく。

キャッツ　宿題はあるのか、週末は？
オリー　地理の課題。
キャッツ　何をするんだ？
オリー　住んでるとこの地図書くの。
キャッツ　通りとか家とか？

オリー、うなずく。

キャッツ　色も塗るのか？

オリー、うなずく。

キャッツ　そりゃいい。

二人、座り込む。

キャッツ　ところで……ママが言ってたぞ。学校であったこと……実を言うとな、父さんもお前くらいの歳に、いや、もうちょっと上だったかな、同じ目に遭ったんだ。

オリー　どうして？

キャッツ　チビだったからさ。運動がだめだったし。それに、ユダ公だから。よくからかわれた。「キャッツはいかれてるぞ」って。わかるか？　「気違い」って意味さ。かばんを盗まれたり、叩かれたり、めった蹴りされたり。わかるよな？

オリー　うん。

キャッツ　それで……おじいちゃんは、父さんとバーニー叔父さんにケンカの仕方を教えてくれたんだ。こっそり家で練習したもんだよ、おばあちゃんは父さんたちがもう寝てると思ってたけどね。そしてとうとうその日はやってきた。ある日、学校に乗り込んでいって、ガキ大将のとこまで行って、顔にパンチを浴びせたんだ。力いっぱいね。そしたら奴、尻モチつきやがった。急所に蹴りを入れてやったよ。わかるな？

オリー、うなずく。

キャッツ　それからバーニー叔父さんも——まだ小さかったけど——やってきて奴に唾吐きかけてこう言ったんだ。「今度また兄ちゃんに触ったらぶっ殺すぞ」。
それからは誰も父さんに触ろうとしなかった。

間。

オリー　僕もケンカの仕方を習った方がいいの？
キャッツ　まあ……習いたいならな。
オリー　おじいちゃん、教えてくれるかな？

短い間。

キャッツ　いや、父さんが教えるよ。

間。

オリー　どうして女みたいに言われるんだろう？

キャッツ、息子に片腕を回す。

キャッツ　どうしてかっていうと……お前は乱暴じゃないから。優しいからだよ。「優しい」ってのはすばらしいことだよ。
オリー　優しいって……それは……弱虫ってこと？
キャッツ　いや、全然違う。ママは優しいけど強い。
オリー　ママは学校を替わってもいいって。

キャッツ　ああ。そうしてもいい。それもひとつの手だな。だって……父さんもママも、お前が幸せでいることが一番だと思ってるんだ……それしか考えてないからね……。

オリー、うなずく。キャッツ、オリーをじっと見つめる。

キャッツ　お前が生まれた日……父さんは病院から飛び出してタバコで一息ついて……おじいちゃんに電話して……それから……何もかも……(キャッツ、思い出そうとする。)……素敵な日だった……。*さて……アイスクリームでも買いに行くか？

オリー　いらない。

キャッツ　どうしてさ？

オリー　だって僕……アイス、好きじゃないんだもん。

❖

キャッツの家。夜。

ジェス　どこ行ってたの？

キャッツ　車で……何キロも……郊外まで。気づいたら道に迷ってた。でも

＊　オリーが生まれた日については一三三、一五七、一五九―一六〇ページ参照。

ジェス　地図を見ないで闇雲に走ってたら、どうにか帰れた。ごめん。電話すりゃよかったな。
ジェス　オリーがケンカしたのよ、学校で。ほかの子の顔を殴ったの。

短い間。

キャッツ　よかったじゃないか。
ジェス　どこが？　いいわけないでしょ。あなたのせいよ。
キャッツ　俺の？
ジェス　あなたがケンカしろってそそのかしたんでしょ？
キャッツ　そそのかしたわけじゃないさ。それもありだって言ったんだ。
ジェス　とにかく、あなた、本当にバカなことをしてくれたわ。
キャッツ　あいつに我慢しろって言うのか？　あきらめろって？　いじめられっぱなしでいいって言うのか？
ジェス　乱暴な子にはなってほしくないの。
キャッツ　闘わないで手に入れたものなんて価値がないんだ。
ジェス　誰がそんなことを？　お義父さん？　とにかく、転校させるわ。
キャッツ　そうしろ。お坊ちゃんに育てるんだな。
ジェス　あなたもわかるでしょ？　その方があの子も幸せなのよ。友達[*]だってみんな子供を私立にやってるわ。
キャッツ　あいつらはみんな偽善者だ。

＊　私立学校ではいじめや暴力を避けることができる。また将来名門の大学に入れる確率も増えるだろう。

ジェス　私たちも仲間入りしましょうよ。しょうがないじゃない。いえ、しょうがなくないわ。だってそれが正しいんだもの。

キャッツ　（ちらっと天を見上げて）ごめんな。

ジェス　神様は社会主義者じゃないわ。

キャッツ　けど、アホな保守党でもないよな。

ジェス、腰を下ろして本を手にする。

キャッツ　元気出せよ。落ち込むのは俺の仕事だ。

キャッツ、ジェスをそっとつつく。ジェス、彼を見る。

ジェス　今夜、セックスできないかしら？

間。

キャッツ　まあ、確かにそれもありだな。

間。

ジェス　私じゃそそられない？

キャッツ　いや、違うよ。

ジェス　私がイイ女だったらその気になったでしょ？

キャッツ　イイ女だよ、イイ女に決まってるじゃないか。

キャッツ、ジェスにキスする。彼女はキャッツの顔をなでる。

ジェス　隠しごとをしないで……私にも話してほしいわ。*

キャッツ　俺はただ……引っかき回して小銭を稼いでるだけだよ……生活のために。心配いらない……何でもないから……。

ジェスは再び本に目を移す。キャッツは行ったり来たりし、立ち止まる。

キャッツ　何だあのマーキンてのは？

ジェス　陰毛のかつらでしょ。

短い間。

キャッツ　一体全体誰がそんな物いるんだろ？

ジェス　役者は着けてるわ。ヌード・シーンを撮るときに。

キャッツ　どうしてそんなことまで知ってんだ？

ジェス　あなたよりお利口だもの。

間。

キャッツ　何読んでるんだい？

ジェス　『マンスフィールド・パーク』。

キャッツ　あいつに何がわかるってんだ。いくらすましてボンネット被って

＊　キャッツが遅く帰ったことをジェスはキャッツの浮気だと勘違いしているようだ。キャッツはジェスの猜疑心に気づかず、仕事に関する質問だと誤解している。

たって、あのおばさんはわかってなかったんだよ……デジタルテレビのことは。

ジェス 人間のことはよくわかってたわ。

キャッツ 巻きグソ頭の田舎貴族らが。ジェーン・オースティンには怒りがないんだよ。

ジェス 少なくともあなたは怒らせてるわ。

キャッツ ハンプシャーの田舎もん。

ジェス あなたも読んでみたらいいのに。

キャッツ 読めない。契約書なら読める。けどな、ほかのものとなると文字が躍り出すんだ。俺はうすらばかだから。

キャッツ、ジェスを見る。

キャッツ 今日[*]、またクライアントに逃げられた……。

ジェス えっ、本当？　誰なの？

キャッツ、「どうでもいいさ」と身振りで示す。

ジェス 言ってよ……。

キャッツ わかるか、こんな気持ち――

＊ キャッツが遅く帰った本当の理由であろう。

キャッツ、地団駄を踏む。ジェス、キャッツを見る。

キャッツ いや、わかんないだろうな。わかりっこないよな。いつか必ず、自分に火をつけてわめきながら通りを走り回るぞ。

ジェス どうしてそう喧嘩腰になるの？

キャッツ うんざりしてるんだよ。いつもなら……いや、毎日がうんざりなんだ。

キャッツ、安楽椅子に丸く収まっているジェスを見る。

キャッツ そのくらいで満足できるなんて、呆れるよ。

ジェス （微笑んで）いいから黙って本を読ませろ。

間。キャッツ、タバコに火をつけ、にんまりとする。

キャッツ いくらもらえるなら、ロシアン・ルーレット*やる？ ジェス？ 愛しいジェス。いくらでやる？ 標準型のリボルバーで、絶対的に勝ち目あり。ほら……いくらか言いなよ。

ジェス、考えて、キャッツを興味深げに見る。

ジェス あなたはどうなの？

＊ リボルバー式拳銃の弾倉に一発の弾丸を込めて自らの頭を打つ決死のゲーム。

キャッツ　あ？
ジェス　いくら？
キャッツ　確率六分の一だよな？　（考える。）　三〇〇〇万くらいドカンと積まれたら、やらざるを得ん。
ジェス　たった三〇〇〇万ポンドで命賭けるの？
キャッツ　賭けない奴がどこにいる？
ジェス　やらない、人生大事なら。

間。

キャッツ　ああ。けど、俺は勝つさ。死にゃしない。勝つんだから。
ジェス　三〇〇〇万ポンドのために私とオリーに会えなくなってもいいの？
キャッツ　まさか。いやだよ。いやに決まってるじゃないか。
ジェス　（強い口調で）じゃ、バカなこと言うのやめて。

沈黙。

キャッツ　（考え込んで）けど、一生働かなくてすむんだけどな……。
ジェス　どうして退屈してるの？
キャッツ　どうして不満がないのさ？
ジェス　だって、必要なもの、欲しいものは全部ここに、この家の中にあるんだもの。どうして退屈なの？　あなた言ったわよね、今も退屈だし、ずっと退屈だったって。私もその一部なの？

キャッツ　いやいや、君は違うよ。退屈するわけないだろ。愛してるんだから。

ジェス　私も愛してる。でも、退屈することだってあるわ。だけど時々嫌気が差すからって、気にならない……だって……あなたはたくさんいろんな欠点を持ってるけど、私はあなたと生きていきたいから。

キャッツ　うん、賛成。で、今何の話してるんだっけ？

ジェス　私たちの夫婦のこと。

キャッツ　そんな話してないぞ。

ジェス　してるわよ。あなたなりに。

間。ジェスはゆっくりと両手を上げ、その手をキャッツの方へと差し伸べる……。

ジェス　どれか指を選んで。
当たりは一つよ。
それを弾だと思って。

キャッツ　あ？

ジェス　弾を選んでしまったら、荷物をまとめて今夜出てって。

二度と戻らないでね。つべこべ言う余地なし。
あなたには何が大切？
本気よ。

キャッツ　じゃあ……もし俺がその弾をさ［ていうか、うそっぱちだけど］*、はずすことができたら、褒美に何くれる？

ジェス　今あるものをそのまま持っていいわ。私と息子を。

短い間。

キャッツ　バカげてるよ、こんなゲーム。

ジェス　そんなことないわ。真実を当てるゲームよ。

キャッツ　だって、そんなことして……一体……？

ジェス　（がっくりきて）何の得があるって……？

長い沈黙。二人は見つめ合う。

キャッツ　小指。左手の。
それが弾か？

ジェス　弾なんて無かったのよ。

ジェス、退場。

＊［　］内は、独り言あるいは相手に聞かせる必要のないせりふと考えられる。原文では（　）だが、ト書きと区別するために本書では［　］を用いている。

❖

キャッツの事務所。日中。

ナット　私は淫売じゃないわ。
キャッツ　なあ、ナット、誰もそんなこと言ってないじゃないか。
ナット　信じられない。男性誌のグラビアに載れ、なんて。
キャッツ　俺のアイデアじゃないよ。「ザ・鼓動」の広報部から出た話だぜ。俺は君次第だって言っといた。
ナット　じゃあ、断ってよ。
キャッツ　かしこまりました。ただいま。（キャッツ、電話の方に手を伸ばす。）
ナット　あとでいいから。それよりあなたはどう考えてるの？
キャッツ　まあ、安っぽくてしょぼいし、君のタイプじゃないよ。
ナット　そう。よかった。ありがと。

間。

キャッツ　もちろん……君がやりたいって言ったら、サポートするんだけどね。

ナット　え……？

キャッツ　恥ずかしいことは何もない。ボカシきかせてどうにでも修正できるからね。

ナット　胸を見せろって言うの？

キャッツ　とーんでもない。でも、仮に脱いでも落ちたってことじゃないよ。ファッション雑誌だからね、ポルノなんかじゃないから、チラッと見せるだけでいいんだよ。俺も立ち会って確認するよ。

ナット　な――何？――何なの？　チラッとって。

キャッツ　こうさ。何でもないよ。（キャッツ、両腕を胸の前で交差させて見せる。）

ナット　なぜ？

キャッツ　なぜって、君、そうすれば注目されるからだよ。話がとんとん拍子に進むんだ。古臭い言い方だけど、君は魅力的だ*。それがこの世界さ。俺たちゃみんな淫売なんだよ。やるべきかと言うと、いいや、そうは思わない。でも、「キャリアのためになるか？」と言われれば？（「はい」と肩をすくめる。）けど、君はやるつもりないし、ほんと言うと俺もダメだって言うね。

ナット　ハワード……わかってるでしょ、私のこと――わかってると思ってたんだけど？

キャッツ　おい、まあ聞けよ、ナット。本当のこと聞きたいか？　苦い薬だ

＊　仕事のうえで女性に対し「君は魅力的（原文は **you are an Attractive Woman**）」と呼ぶのは古臭い表現の仕方である。

ナット　ぞ。「ザ・鼓動」はシェイクスピアじゃないんだ。誰もこんなので賞を取ることなんてできやしない。飢えてる人間にエサやってるわけじゃないんだぜ、おい。俺たちは業界のケツの穴に詰まったクソみたいなもんだ。そこから抜け出してきれいな空気を吸おうともがいてるんだよ。言いたいこと、わかるか？

キャッツ　ええ……（悲しげにキャッツを見る。）私……私、自分に才能があったらって思うわ……何でもいいから……。

キャッツ、片腕を彼女に回す。

キャッツ　なあ、君は才能あるよ。根っからのスターだ。みんなに好かれるのも才能の一つさ。

ナット　そんなこと。でもそれだけじゃ……私、自分が情けない。

キャッツ　おいおい、そういうふうに考えちゃダメだ。君はナンバーワンのお客様。君に賭けてるんだぜ。ほら……「名声」「贅沢」「みんなの人気者」――どうして欲しくないって言えるんだ？　俺なら欲しいぞ。

ナット　（うなずいて）つまり脱げってことね？

キャッツ　それがこの業界さ。気にするな。

ナット　本当に脱いだ方がいいと思う？

キャッツ　人生一度きりなんだぜ、ナット。人生は俺みたいに、小さくて醜い。いい思いはできるうちにしとけ。

ナット　バーンが知ったら怒るわ。嫉妬深いのよ。

キャッツ　そうだな、よし――バーンのことを話そうか。あいつは俺の弟だ。いい、とてもいい奴だ。けどな、君に、今の君に……奴は……ふさわしいかな?

ナット　あの人のこと愛してるのよ、ハワード。

キャッツ　もちろんわかるよ。みんなバーニーのことは好きだ。でも……ナット……「愛する」ってことはな……(キャッツ、顔をしかめる。)そりゃ……俺はジェスを愛してるけど、前に進むためには犠牲にしなきゃならないこともある。俺は後悔はしない。だって俺は今じゃ自由だし、ジェスも俺と切れてせいせいしてるわけだ――いやいや、俺やバーニーが問題なんじゃない。白黒はっきりさせることだ。つまり、君が本当は何が欲しいのかってことだよ。

ナット　考える時間が欲しいんだけど。

キャッツ　もちろん。

ナット　じっくり考えなきゃ。

キャッツ　まったくだ。

ナット　本気で考えなきゃ。*

＊　ナタリーはキャッツのことも含めて考えるつもりであろう。

❖

ウエスト・エンドのバー。夜。キャッツとバーニーが飲んでいる。音楽がうるさくかかっている。

この場は聞こえるように大声で通す。

バーン　ナットは兄貴の事務所を離れて正解だったよ。ポン引きじゃないか、兄貴は。

キャッツ　ナタリーが俺を振ったのはな、お前のせいなんだぜ。そんなにナタリーが大事なのか、バカ。

バーン　何が何だかワカンネーよ――一体何なんだ？　兄貴のやってる仕事は？

キャッツ　スッカリわかってるくせに。

バーン　べらべらおべんちゃら言って丸め込んだり、有名人のケツにキスしたりだろ。

キャッツ　小物のケツだよ。

バーン　ケツのでかさなんて関係ねえ。キスしてることに変わりはねえんだから。食うためなら平気でうそつくもんな、あんた。一日中電話でもしてないとおったたないんだろ？

キャッツ　ま、そんなところだ。
バーン　「そんなところ」、「そんなところ」だって？——何様のつもりだ、この、ばかちん。
キャッツ　はいはい。
バーン　「はいはい」ですませられると思うなよ。俺を嫌ってるくせに、このチビ。俺を認めてないいんだろ。
キャッツ　ミトメテルサ。
バーン　ウソつけ。ムカつくぜ。俺のこと知ってるよな？　俺、暴れるぜ。やめろよ、もう。ドタマきた。
キャッツ　何とも憂鬱な会話だな。
バーン　兄貴は魂を売っちまったんだ。大昔のことだから、いくらで売ったかも覚えてないだろ？

間。

キャッツ　否定はしないよ。
バーン　え？　何だって？
キャッツ　ヒテイハシナイ。
バーン　ドーモ。どうも。やっと会話になった。あんた「荒れ野をさまよう*ユダヤ人」だな……。
キャッツ　あ？

＊　十字架を背負ってゴルゴタの丘を登るキリストに暴言を吐いた一人のユダヤ人が、神の逆鱗に触れ永遠に荒野をさまよう運命を与えられたという伝説。七三、七八、一一九ページ参照。

バーン　伝説だよ。あるユダヤ人が十字架のキリストをからかったから、神様が一生死ねずに放浪するっていう罰を下したのさ。「キリストをバカにした宿無しユダヤ人」。もう一杯行くか？

バーニー、カウンターの方に向かって退場。

❖

キャッツの賃貸マンション。ウエスト・エンド。ジョー、ノーマン、エリーが腰かけている。
キャッツは立っている。エリーはコーヒーを、キャッツ、ジョー、ノーマンはブランデーを飲んでいる。

エリー　で、ここ、気に入ってるの？
キャッツ　独りもんが死ぬときに集まる場所だ。
エリー　家賃も高いんでしょ？
キャッツ　べらぼうにね。もうすぐ引っ越すけどね。
エリー　うちに来たらどう？

短い間。

キャッツ　いや、ありがたいけど、どっかに安宿を探すよ。
ジョー　そりゃフラットか?
キャッツ　あ?
ジョー　そこのテレビは新しく出たフラット画面か?
キャッツ　ああ。
ジョー　しかもワイドか?　バーンが、あのテレビっ子が、言ってたよ、テレビはフラット画面のワイドでなきゃってな。
キャッツ　フラット画面のワイドだよ。

間。

エリー　もっとたくさん見えるの?
キャッツ　あ?
エリー　幅が広い分だけ。
キャッツ　いや。
エリー　じゃ、どこがいいのよ?

沈黙。

ノーム　ソニーか?

キャッツ　ああ。
ジョー　ソニーか。奴らいい仕事するよな。
ノーム　商売うまいからな。
ジョー　がっぽり稼いでるさ。あいつらみんな。（キャッツに）日本人の物乞いに会ったことあるか？　日本人の乞食なんていないだろ？
キャッツ　もちろんいるさ。東京で見た。
ジョー　ほんとか？　いつ？
エリー　おととし。出張で行ったじゃない。

短い間。

ジョー　葉書送ってもらってたかな？
キャッツ　（ため息をついて）ああ。
ジョー　こいつはお前からの葉書を全部取って置いてるんだ。靴[*]の箱なんかに入れて。ラベルまで貼ってんだ。あれ、何だっけ……？
エリー　ダイモ[**]。（キャッツに）覚えてるでしょ？
キャッツ　（微笑んで）ああ。
ジョー　イギリス中どこを探したってこいつくらいなもんさ。いまだにダイモなんて使ってるのは。で、お前、いくらかやったのか、その乞食に？
キャッツ　一円か二円。

＊　八三ページ参照。
＊＊　米国Dymo Products社製の表示ラベルテープ印字器。

ジョー　何か言われたか？
キャッツ　（考えて）「アリガトウ」。

短い間。

ジョー　礼儀正しいもんな。日本人は。
キャッツ　父さんあいつら全員と知り合いだもんな。
ジョー　ああ、一人残らず知っとる。お前はそいつの出世に手を貸した——じきにソニーの社長になるだろうよ。

キャッツ、腕時計を見る。ほかの三人は彼を見ている。キャッツ、グラスを上げる。

キャッツ　誕生日おめでとう、ノーム。
ジョー／エリー　おめでとう。
キャッツ　もう一杯いる人は？
エリー　いや、もう帰んなきゃ……。（エリーはみんなのコートを取ってジョーに何やらさっと話す。）
ノーム　（キャッツに）すっかりごちそうになった。ありがとう。
キャッツ　若いよなあ。秘訣は何？
ノーム　秘訣か？　毎日が誕生日って思うんだよ。
キャッツ　それだけ？

ノーム　それだけさ。
キャッツ　「マハリシ・ノーム」*様。
ノーム　本気だよ。馬鹿げてると思うだろうけど。

エリー、ノーマンにコートを渡す。

エリー　おやすみ、ハワード。
キャッツ　（エリーにキスして）おやすみ。そこまで見送るよ。

エリーとノーマン、出て行こうと歩き出す。キャッツがジョーの方を振り返ると、彼はまだソファに腰かけている。

ジョー　母さんがお前と話をしとけって。

キャッツ、後ろを見ると、エリーとノームは帰ってしまっている。キャッツ、ため息をつく。

ジョー　無理に話すことはないさ。
キャッツ　それはありがたい。

間。ジョー、キャッツをちらっと見る。

ジョー　ジェスと話したか？
キャッツ　いや。

＊ ヒンドゥ教の導師のこと。このような喩えがインド系でなくともすぐに出てくる背景には、インド文化が一般化している英国の様子がうかがえる。

ジョー　話しといた方がいいと思うか？
キャッツ　やめてくれよ、父さん。（キャッツ、ジョーのそばに腰かける。）今夜はいっちょう、アル中にでもなろうかな。

二人は乾杯する。

ジョー　カンパイ！
キャッツ　そっちはどうなの？
ジョー　解決せんよ。毎日母さんに会うたびに決まって罪悪感に悩まされる。
キャッツ　そんな、母さんは大丈夫だよ、な。あれから会ったのかい？……メイって人に？
ジョー　土下座してすがったよ。とんだ抜け作だ。今度こそとどめを刺されちまった。
キャッツ　どんな人？
ジョー　彼女は……そうさなあ……。

ジョー、キャッツを見る。

ジョー　疲れてるだろ？　もう帰った方がいいか？

間。キャッツ、ジョーを見る。

キャッツ　オリーに手を上げちまった。

短い間。

ジョー　聞いたよ。

キャッツ　叩いたんだ。（キャッツ、小さく平手打ちの真似をする。）先週。俺は息子に手を上げた。こんなひどいことってあるか？

ジョー　わしには何も言えん。

キャッツ　あいつ、許してくれるかな……？

ジョー　お前はわしを許してくれるか？

キャッツ　もちろん。

ジョー　だったら……？

キャッツ　俺はクソガキだったから、殴られて当然さ。でもあの子は繊細なんだ。

ジョー　お前だって繊細な子だった。殴っていいわけはなかった。

ジョー、酒をぐいっと飲む。考えて、にんまりとする。

ジョー　覚えてるか？……お前がまだ小さかった頃……お前の臍《ほぞ》のことを話したことがあったよな？

キャッツ、首を振る。

ジョー　忘れるなんて、ひどいもんだ。
　こんな話をしたんだ。お前は生まれる前に大きなベルトコンベアに乗せられて、神様の前を通った。神様は赤ちゃんをみんな検査するからな。そして、生まれていい者にだけ、神様はお腹に指で印をつけて下さる。だからへそは……。
キャッツ　（静かに）「神様の指紋」……そうか、思い出したよ……。
ジョー　あれ、本当じゃないんだ。作り話なんだ。
キャッツ　（微笑んで）じゃあ神様の指紋なんてないんだ？
ジョー　指紋をつけてくれる神様がいるかってことさえ、わからんよ……。
キャッツ　いないの……？
ジョー　わからん……わしに何がわかるってんだ……？　何もかも荒れ野だよ。

沈黙。

ジョー　母さんに聞かれたら、お前を叱ったってことにしといてくれるか？
キャッツ　ああ。
ジョー　手貸してくれ。

キャッツ、ジョーをソファから引っ張り起こす。ジョーがコートを着るのを手伝う。

キャッツ　タクシー呼ぶよ。

ジョー　いいよ。節約しろ。

キャッツ　会社の経費で落とすから。

ジョー　いいって。歩きたいんだ。ちょっと考えごともしたい。遠くないし。

キャッツ　何マイルもあるぜ。

ジョー　だったらたくさん考えごとができる。

二人、抱き合う。

ジョー　これから先、ダメになっちまうなよ、いいな？　独りぼっちで安宿を転々とするなんて。

キャッツ　帰り道、気をつけてな。

ジョー　金も持ってないユダヤ人の老いぼれを襲う奴なんておらんよ。

キャッツ、ジョーが手袋とマフラーを着けるのを手伝う。

キャッツ　わからんよ。薬中とか、泥棒とか、「施設」*にぶち込みたくなるような奴とか。

ジョー　（微笑んで）いつも悪い方にばかり考えるんだから……。

* 原文は 'Care in the Community' nutcase　Care in the Community はサッチャー政権時代に設立された制度。精神病患者に対する社会福祉制度の充実を狙ったもの。患者を隔離せず一般社会の中で生活させながら治癒を施すという試みであったが、市民の間で精神病患者への恐怖感が高まり、失策に終わった。

キャッツ　確かに当たってる。
ジョー　いつも攻撃的だな……。
キャッツ　生きていかなきゃならねえからな。
ジョー　そんなことして、魂は救われるのか？
キャッツ　魂なんて持ったためしないし。
ジョー　答えてくれ……。
キャッツ　父さん、俺たち酔ってるのさ――
ジョー　答えてくれ……。
キャッツ　――それにもう遅いし。
ジョー　お前はいい子だった。熱い魂を持ってた。それが今はどうだ？
わしのせいだよ、わしの教え方が間違ってた。
キャッツ　このゴタゴタは父さんのせいじゃない。じゃ、おやすみ。
ジョー　わしを――わしを追い返そうとするな。話したいんだから。斜に構えるのは簡単だ。けどな、本気で関わるのは難しいんだよ。
キャッツ　わかってる。
ジョー　みんな政府を攻め立てるけど。
キャッツ　え、何だって？
ジョー　今の奴らは、昔の政府がいかに病んでたかを忘れちまってるんだ。
キャッツ　（ジョーを外へとせかしながら）何とでも。
ジョー　今の政府はまだいいんじゃ。でも、みんな――

キャッツ　今も昔も同じだよ、父さん。

ジョー　同じなもんか。今の政府はもっと本気で関わってるぞ。

キャッツ　取り組んでなんかないさ。これっぽっちも。

ジョー　いや、取り組んでる。考えるのを面倒がるな。何かを変えたいときには随分時間がかかるもんだ。何でもそうだ。徐々にやってく。奴らならやれる。

キャッツ　父さんは夢の世界に住んでるんだ。

ジョー　（キレて）わしの住んでる所がどこかなんて、お前の知ったこっちゃない。お前はどうなんだ？　え？　これまで何かしたことあるのか？

キャッツ　なあ、どうしたんだ？

ジョー　あったら言ってくれ。政府はな、国のためにこつこつ骨を折ってるんじゃ。お前はどうだ？　シャベルでクソをすくって世の中にばら撒いてるだけじゃないか。

キャッツ　（怒って）俺が何をやったかって？　家族を養った。俺は自分を切り売りしてきたんだ。息子と妻のために。俺がやってきたのはそれだよ。

ジョー　わしらはみんなそうする。それが勤めだよ、お前。わしらは外に出て稼ぐ、あったかい家に帰れるように。仕事をするっていうのは、どうにかやってくことだ。すべきことをちゃんとして。逃げ

キャッツ　るごとじゃない。もがくだけもがけ、でも逃げるんじゃない。わしらはみんな、生活費を稼がにゃならん。
それで？　どの程度の生活なのさ？　休暇に行けるくらい？　いい学校にやれるくらい？　結局金だろ。俺のどこが間違ってたかなんて、父さんに言うことできるのかよ——自分を見てみろよ。

沈黙。

キャッツ　そんなつもりで言ったんじゃない。
ジョー　そんなふうに思ってたのか？
キャッツ　いや……。
ジョー　（静かに）休暇には連れて行ってたろう……。
キャッツ　行かなかったなんて言ってないよ。
ジョー　いつもお前を支えてやった……。
キャッツ　わかってる……。
ジョー　わしにはお前みたいな頭はない。お前みたいに金を稼ぐ気違いじみた才能はな。
もう行くよ……。
キャッツ　父さん……。
ジョー　もう帰るよ……。
キャッツ　父さん……父さん、聞いてくれよ……。

ジョー　聞く必要はない。もう十分わかった。（ジョー、退場しようと動く。）今まで何も信じるものがなかったのか、せがれ？
だから自分を見失うんだぞ。
愛してるから言うんだ。

❖

ジョーが退場すると同時に、キャッツはバーニーと夜、川岸にいることに気づく。

バーン　どこかに行くのかな？
キャッツ　いや……。
バーン　でも、行けたらいいよな、天国に。
キャッツ　ユダヤ人はどこにも行かないんじゃないか？　神様の所に行くとは思うけど……神様は……どこにでもいるからね……（天を見上げる。）私は悪いユダヤ人です。
バーン　しかもばかたれですってわけか？
キャッツ　（微笑んで）シュールに行かなきゃ。いつか行くか？
バーン　（肩をすくめて）行ってもいいけど……。

キャッツ　土曜日は？*
バーン　ホームゲームだ。
キャッツ　シュールは午前だよ、バカ。サッカーはそのあと行けばいいじゃないか。
バーン　そうだな。また連絡する。
キャッツ　（微笑んで）ナットは元気か？
バーン　ああ、元気だよ。とても。（キャッツをチラッと見る。）たぶん、俺は捨てられる。
キャッツ　何で？
バーン　パーティやら開会式やらに一緒に行って、人に会うだろ？　俺、話すこと何もないんだ、兄貴。でくのぼうみたいに突っ立ってるだけ。床屋だって言ったら、奴ら……（しかめっ面をする。）俺は場違いなんだ。
キャッツ　あいつはお前のそういうところが好きなんだぜ。
バーン　へえ、そうか？
キャッツ　そのまま頑張ってろ。うまく行くって。
バーン　一生誰かにめぐり合うのを待ってて、その女が来たら……今度は出ていくのを一生待つってわけか。
で、そっちはどうなんだ？
キャッツ　だめだね……。

＊　ユダヤ教の安息日は土曜日である。

バーン　兄貴はどうかしてるよ。ジェスんとこ戻れよ。
キャッツ　男*がいるんだ。
バーン　マジかよ?

キャッツ、うなずく。

キャッツ　「バーニー、バーニー、バーン」。店はどうする?
バーン　続ける。いくつかアイデアがあるんだ……。
キャッツ　いいじゃないか。
バーン　仕事、欲しい?
キャッツ　いや、結構。

二人はお互いを見てうなずく。
キャッツ、ポケットから白いヤムルカを二つ取り出す。どっちがいいか、バーンに選ばせる。バーン、一つ被り、キャッツはもう一つの方を被る。
バーン、灰色のビニール袋（キャッツが最初の場面で持っていたもの）から骨つぼを取り出す。
二人、つぼを静視する。

バーン　いい奴だったよな。
キャッツ　表彰モンだった。
バーン　ろくでなしでもあった。

＊　初演ではジェスの恋人フレッドとバーンは同じ役者が演じており、ここのやりとりは劇的皮肉の効果を生んだ。

キャッツ　ああ……。

バーン、骨つぼをキャッツに差し出す。

バーン　やるか？
キャッツ　お前やれよ。やりたきゃ……。
バーン　兄貴にやってもらいたがってたはずだよ。
キャッツ　いや……。
バーン　そうだよ。

間。

キャッツ　しばらく口利いてなかったんだ。そのまま死んじゃった。聞いてない？
バーン　いや……。
キャッツ　ケンカしたんだ。傷つけちまったよ、バーン……。
バーン　(静かに) いいから……。

バーンはつぼをキャッツに渡す。キャッツ、ふたをねじ開ける。

キャッツ　中、見れないよ……。

キャッツ、つぼの中をさっと覗く。

キャッツ　人が死んじまう。どんな意味があるんだろ？
バーン　かりにいるとしたって、神は公平じゃない。そういうことさ。
キャッツ　まあ、そう言うなよ。
バーン　ほんとだもの。
キャッツ　そりゃほんとかもしれないけど——
バーン　神はいつも正しいって言いたいんだろ？
キャッツ　何だって？

バーン、ぶつぶつ謝る。キャッツ、祈禱書を取り出す。

キャッツ　カディッシュを唱えるぞ。
バーン　やるか？
キャッツ　習ったんだ……。
バーン　俺も習った……。
キャッツ　お前も……？
バーン　父さんが頼んできたから……。
キャッツ　父さんが……？
バーン　なわけないだろ！　早くやれよ。

キャッツ、微笑む。二人は水辺にかがみ込む。

キャッツ　お前がやれ。やってほしいんだ。頼む。

バーン、うなずいてつぼを手に取り、遺灰を撒き始める。同時にキャッツは父親のためにカディッシュを唱え始める。

❖

公園。日中。メイ（エリー役と同じ俳優）登場。

メイ　こんなことさせて申し訳ないわね。ありがとう。

キャッツ、彼女に靴[*]の箱を渡す。

キャッツ　もちろん。あなたのですから。

メイ　開けていい？

メイ、腰かけて箱を開ける。中には手紙が入っている。メイ、ぱらぱらと見る。キャッツ、その様子を見ている。

メイ　読んだの？

キャッツ　いいえ。あ、少しだけ。すみません。

メイ　あなた……あの人の手紙、読んでみる？

＊　六八ページ参照。

メイはバッグの方を指す。キャッツ、首を振る。

キャッツ　いえ、いいです。誰と結婚したんですか？

メ　イ　（わずかに微笑んで）前の夫よ。

独りで死ぬのは嫌。弱いところよね。

私……私はいい人間じゃなかったわ……たくさん失敗したし。

ジョセフが――お父様が亡くなったとき……こう思ったわ。これは私を待ち受けてた……罰なんだって。

キャッツ　神を信じてますか？

メ　イ　ええ。

キャッツ　神が何をしてくれるっていうんです？

メ　イ　慰めて下さるわ。あなたは信じないの？

キャッツ　時々は。（肩をすくめる。）夜、ベッドの中でチクっとしただけで、痛くて死にそうな気がするときは……神に祈るよ。

メ　イ　あなた、お父様にそっくりだわ。そう言ってもよかったかしら？

キャッツ　僕の話、聞いたことありますか？

メ　イ　いつもよ。とても自慢にしてた。あなた、芸能界の仕事してるんですってね。

キャッツ、うなずく。間。

メイ　お母様はお元気？

キャッツ、一瞬困惑した表情でメイを見る。

キャッツ　母は……その……人は生きる気力をなくすこともあるって、そんな感じです。

間。

メイ　もしお母様の……いえ、どうかしら、その——助けになるようなら……手紙を差し上げてもいいかしら？　訳を話して……。

キャッツ　いや、とんでもない、逆効果だ。

あんた、気は確かか？　俺たちから何が欲しいんだ？

メイ　そんなつもりじゃ——

キャッツ　もうちょっと罪悪感*ってものを持ってる人かと思ったよ。あんたが父さんを破滅させたんだ。認めろよ、このクリスチャンめ。もっと言ってやろうか？　あんたはな、ろくに字も書けないんだよ！

❖

＊「罪悪感」については七一ページ参照。不倫がもとで父親は重い罪悪感に悩まされていたが、相手の女は平然としている。その様子を見てキャッツは怒りを感じたのだろう。

キャッツの事務所。午後遅く。キャッツの上司、グレッグがお盆を持ってコーヒーを配っている。もう一人のエージェントのティナがソファに座っている（グレッグにはバーン役の俳優、ティナにはジェス役の俳優が扮する）。

グレッグ　グランデ・カプチーノはハワード。*

キャッツ　ありがと、グレッグ。

グレッグ　ティナにはトール・ノン・ファット・ラテね。

ティナ　ありがと、グレッグ。

グレッグ　エスプレッソ・マキアート、フォー・ミー。

ティナ　コーヒー一つ買うにも勉強がいるのね！

キャッツ、面白いというフリをする。電話が鳴る。

キャッツ　ごめん、これ待ってたんだ――

グレッグ、「大丈夫」と手で合図。

キャッツ　（電話に向かって）もしもし。いや。もちろん紙に書いてあるさ。弁護士立ち会いで正式に交わした契約だぜ、君。おい、再放送の使用料なんて、バカ言うなよ。（グレッグに）すまん。（電話に向

＊「グランデ」（Grande）は飲み物が「Lサイズの」であることとキャッツの態度が「高慢な」こと、両義に解釈できる。「ノン・ファット」は原文ではSkinny 飲み物が「脂質・糖質なし」であることとティナの「痩せた」様子を説明するダブルミーニング。

かって）明日――明日話せないか？　今ミーティングの途中なんだ。おい聞け、このトンマ。契約は契約だ……そうかい？　カマ掘られてえのか。（受話器を机に叩きつける。）ちんけなインディーズめ。井の中の蛙が。

グレッグ　うーん……。

短い間。キャッツ、受話器をつかむ。

キャッツ　すまん。（電話に向かって）レイチ*？　あのクソガキに電話して伝えてくれないか――払うって言っとけ。もう取り次ぐなよ。じゃあな。（グレッグとティナに）すまん。

短い間。

ティナ　ハワード、調子はどう？

キャッツ　クビにしようってか？

グレッグ　違う違う！　そうした方がいいのか？

グレッグとティナ、短く笑う。

キャッツ　そうだろ？　クビなんだろ？

ティナ　違うわ、ほんとに。私たち、あなたのこと高く評価してるのよ。

キャッツ　俺が何したって言うんだ？

＊「レイチ」（Rach）はレイチェル（Rachel）の略称。

グレッグ　ハワード、落ち着け。いいか？　落ち着くんだ。

短い間。

キャッツ　切るんならバッサリ切っちまってくれ。

グレッグ　（わずかにいらいらして）くそっ、やけにカリカリしてるな。ハワード、頼むから。

ティナ　さて……さて……さあて……ティナ。私たち……あなたが……あんまり満足してないんじゃないかって思うの。あなたには満足してもらいたいわ。しばらく休養を取るのも……いいんじゃないかしら。そしたら、また状況を……判断できるでしょ？

グレッグ　うーん。

キャッツ　なあ、俺は大丈夫だぜ？　君らにも言ったけど、家庭のことでゴタゴタがあったけど、大丈夫。ここで働くのが気に入ってんだ。俺……（ティナに）ほら、みんなだって落ち込むことあるだろ？……親父も死んじまったし。確かに思うように仕事がさばけてないのは認める。けど――

グレッグ　ハワード、いったい何人アシスタントを変えてきたかわかるか？　今年だけで何人だ？　十二人だぞ。まだ六月だっていうのに。

キャッツ　レイチェルは残ってるよ。
ティナ　（鋭く）レイチェルは聖人なの。
キャッツ　アシスタントっていうのは若くて野心に満ちてるから、職を変えるのさ。当然だよ。
グレッグ　おいおい。
キャッツ　（グレッグに）おい、あいつらとはやってないぜ、誰かさんじゃあるまいし。
グレッグ　（ティナに）ほらな？
ティナ　ハワード――
キャッツ　俺がどれだけ契約料取ってきてるか、わかってんのか？　俺はちゃんとやってんじゃねえか――自分のことすごいとかなんとか言うんじゃないけど――くそっ――どっかから流れてきたゴミやらカスの面倒見てんだぜ。誰も欲しがらないような奴らのな。天気予報のネーチャン、コック、庭師、コンテストの優勝者、役者志望の歌手とか、歌手志望の役者、*名字なしのブロンドネエチャンとか。**刑務所《ムショ》にも一人いてさ――月一回訪問してる。アル中、ヤク中、変態、迷子に狂人――「奴らをみんな、廊下に放り出しとけば、ハワードがさっさと掃除してくれるよ」ときた。恐ろしい、恐ろしい、エゴの塊だ――奴らみんなそうだ――手がつけられん――「十五分」を欲しさに暴れて騒ぎやがる、俺はそんならの

* 原文は strange blonde ladies with one name　one name はマドンナやシェールのように姓名が分かれていない名前のこと。有名になりたいという虚栄心を持ちわがままなイメージがある。
** 原文は the Scrubs　ロンドン西部の Du Cane Road にある刑務所 Wormwood Scrubs の略称。第一級の凶悪犯が収容されることで有名。

面倒見てんだぜ——それだけじゃない。プレスのご機嫌取ったり広告マンにおべっか使ったりキャスターたちに胡麻すったり、ロンドン中のあくどい寄生虫みたいな広告代理店を手玉に取ったり——この業界はソドムとゴモラ*だ——ま、よそも似たようなもんだけどな——俺はこの……赤ん坊だらけの泥沼を這い回ってる。クライアントの手を引いて、あごのよだれを拭いてやってんだ。あいつらの、いわゆる「生活」におけるしょうもない「危機」を乗り越えながら。それを俺はあんたらのためにやってんだぜ。二十四時間、土日なしで。俺は来る日も来る日もクソをお手玉で回してる。このお高くとまった会社が名ばかりの「アーティスト」を養ってくために。奴らじゃ事務所の賃貸料にもならねえからな。

グレッグ　クライアントのことをよくそんなふうに言えるな。

キャッツ　クライアントは好きだぜ。全くもって尊敬してる。——あいつらのことは理解してるんだ。奴らがどれだけ死に物狂いなのか、どんなに……失敗を恐れてるか。俺もクライアントもハッピーだぜ。大きなお世話だ。（キャッツ、ローロデックス**を抱いてあやすふりをする。）

ティナ　でも……。

キャッツ　何だよ？

ティナ　何人も出てってるのよ。

＊　『旧約聖書』に出る町の名。ソドムとゴモラは一般に堕落と頽廃の象徴である。

＊＊　ローロデックス（Rolodex）は商品名。回転式の名詞ファイル。一二四ページ参照。

キャッツ　そして何人も入ってきてる。

グレッグ　けどな、数に差がありすぎるんだ。ナタリー・ノースとか――

キャッツ　あいつは個人的な理由で辞めたんだよ。

グレッグ　辞めたことに変わりない。まだいるぞ――リッキー・バーンズをみすみす逃がすなんて。

キャッツ　奴は大馬鹿野郎さ。わかるだろ？

グレッグ　メラニー・ダンには整形したなんて言ったそうだな。なんてバカなんだ。

キャッツ　（バクハツして）ほんとじゃねえか――あいつには言っとかなきゃ。キャリアのためにも。

グレッグ　ハワード、クライアントだけじゃないぞ。すべてだ。君の態度、金遣い、君の――今週だけで三つも電話を壊した。これは僕らみんなの意見だし――それに会社の決定でもあるんだ――僕やティナだけが言ってるんじゃない。会社のみんなも同じ意見だ。ちょっと時間を取った方がいい。考えろ。よく考えろ。深く考えろ。そのあと話し合おうじゃないか。

キャッツ　（追い詰められて）ああ……ああ……頼む。なあ。俺はこの会社でずっと働いてきたんだぜ。ここで育ったんだ。ここが俺の居場所なんだよ。もしドアの外に出てったら……もう二度と……どうなるかわかるだろ？　頼む。グレッグ。俺を足蹴にしないでくれ

グレッグ　……お願いだ。会社の決定なんだ。残念だが。これ以上君の……気まぐれに付き合うのは、無理なんだ。君はいつも何て言うか――僕らだってそういう君が好きなんだけども――だだっ子になる。ほんとのところ、君の行動は近頃全く手に負えなくなってる。僕らは……正直言うとね、君には何らかの……専門家の助けが必要なんだと思ってる。残念だけど。

沈黙。

キャッツ　いいか、グレッグ。あんたをインポって呼びたいけど、インポシブル。あんたはインポにもなれん。インポ以下。マスかき野郎って呼ぶのももったいない。あんたはオカマ野郎だ。いや、オカマのつけてる偽物のおっぱいだ。

グレッグ、退場しようと動く。キャッツは彼の背中に向かって叫ぶ。

キャッツ　「机を片づけろ」なんて言うことないぜ。映画に出てくるボスみたいにな――俺から辞めるんだからな。お前らから何かもらうなんて吐き気がするぜ。車もいらねえ。お情けもごめんだ。金ももらいたくねえ。だからお前ら、「机を片づけろ」。

ティナ、退場。

キャッツ　聞けよ、お前ら二人。ほかの奴らもだ。
こんな腐った仕事すんの、一秒でも嫌だったんだよ。
実際、お礼を言いたいぜ。
人生やり直すチャンスをどうもありがとう。

暗転。

第2幕

Act2

ホテルの部屋。夜。
キャッツ、腰かけ、考えている。
ベルボーイ（ロビン役と同じ俳優）が制服を着て登場。
スーツケースを持っている。

ベルボーイ　いらっしゃいませ、お客様。（スーツケースを下ろす。）当ホテルをご利用になったことはございますか。お客様？
お客様？

キャッツ、首を横に振る。

ベルボーイ　エアコンの使い方をご説明いたしましょうか？
お客様？

キャッツ　ここで働くのは好きか？

ベルボーイ　はい、お客様。

キャッツ　客にムカついたりしないのか？

ベルボーイ　と申しますと……？

キャッツ　この部屋に一泊するのと君の一週間分の給料は変わらんだろ？
ベルボーイ　それでもムカついたりしないって？
キャッツ　はい。
ベルボーイ　何でだ？
キャッツ　私の仕事ではありませんので。私の仕事はお客様にサービスすることです。ムカつくことではありません。

キャッツ、立ち上がる。

キャッツ　このままホテルの仕事をやってくつもりか？
ベルボーイ　はい、できればそうしたいです。
キャッツ　どうして？
ベルボーイ　と申しますと？
キャッツ　どうしてなんだ？
ベルボーイ　好きだからです。ここで働いている人は皆……まっとうですし。
キャッツ　ほかに何かございませんか？
ベルボーイ　俺の両親は……結婚式の夜ここに泊まったんだ。
キャッツ　ひょっとしたら俺はこの部屋で作られたのかもしれん。
ベルボーイ　君はどこで作られたんだ？

短い間。

ベルボーイ　さあ、わかりません。ほかに何かございませんか？

キャッツ　ほら。（キャッツ、ベルボーイに五〇ポンド紙幣を渡す。）

ベルボーイ　ありがとうございます。こんなにたくさん。

キャッツ　金があるだけさ。この国のどこがおかしいかわかるか？

ベルボーイ　いいえ。

キャッツ　君も俺もさ、金があったって所詮は成り上がりなんだよ。あいつら、一緒にされたくないんだから。奉仕してほしいんだよ、上流の奴らは。

短い間。

ベルボーイ　ほかに何かございませんか？　お客様。

キャッツ　ないよ。解放してやる。戻っていいぞ……使用人部屋に……君のまっとうな仲間たちに二四三号室のキチガイのこと、話したらいいさ。

ベルボーイ　かしこまりました。

キャッツ、ベルボーイの方を見て、激しい口調で話す。

キャッツ　これだけは覚えとけ。頑張って生きろ。自分のやりたいことをやれ。

ベルボーイ　かしこまりました。

キャッツ　荷物を運んでくれないか？
ベルボーイ　と申しますと？
キャッツ　チェックアウトする。
ベルボーイ　かしこまりました。（ベルボーイ、スーツケースを持って退場しようとする。）
キャッツ　どこか、場末のボロ宿ないか？　商売女とかシラミがいる所。
ベルボーイ　キングズ・クロスなど、いかがかと思いますが。
キャッツ　そうだな。
ベルボーイ　お休みなさいませ、お客様。
キャッツ　お休み。

❖

ベルボーイが退場すると同時に、ロード氏*（ジョー役と同じ俳優）、朝食の盆を持って登場。ゆっくりした動作。
キャッツ、今度はみすぼらしいB&B**ホテルにいる。

ロード氏　朝食だよ。（盆をキャッツに渡す。皿を指差す。）卵、崩れちまった。（退場しようとする。）

* オーナーの名はせりふには出てこないが、ロード（Mr Lord＝神）という名が与えられている。このことから、ここでの二人の会話には、現実世界の内容以上のものが暗示されている。この暗示は次のシーンでも続く。
** bed-and-breakfast の略。朝食付きの民宿。

キャッツ　それって、お詫び？
ロード氏　いや、事実。
キャッツ　（卵を覗き込んで）いらねえ。

ロード氏、戻ってきて不満げにお盆を片づける。

ロード氏　宿代が一週間分溜まってるよ。
キャッツ　何でこの部屋には聖書置いてないんだ？
ロード氏　とうとう来なかった、ギデオン協会の奴ら。（ロード氏、退場しようとする。）
キャッツ　奴ら*はどんな所にでも行くさ。

ロード氏、振り返って考え、しまいには認める。

ロード氏　誰かが盗んだのさ。
キャッツ　聖書、貸してもらえないかな？　ほかの部屋のを。頼む。
ロード氏　（いぶかしげに）何でそんな物が必要なんだ？
キャッツ　読みたいのさ。
ロード氏　聖書はない。部屋ならある。
キャッツ　どんな感じなんだ？　あんたは？
ロード氏　（退場しながら）どん底だよ。

* ギデオンが来ないということは、ここはまともなホテルではないということを暗示している。

マッサージ師のシェリル登場（ナタリー役と同じ俳優）。
保健士のような白い制服を着ているが、靴はスニーカーである。

シェリル　準備しといて。（キャッツにタオルを渡す。）
キャッツ　マッサージはいらねえ。

シェリル、考える。

シェリル　いいわ。これ、着けてくれる？（シェリル、上着のポケットからコンドームを取り出す。キャッツに渡す。）
キャッツ　キスしてくれる？
シェリル　キスはしないの。
キャッツ　でも、やるのはいいのか？
シェリル　ええ。
キャッツ　それじゃ、青少年と逆だぜ！

シェリル、キャッツを見る。無表情。

キャッツ　ほかにどんなことやってるんだ？
シェリル　フレンチと手。
キャッツ　そうじゃない。ここでの仕事以外にだ。
シェリル　何も。娘がいるの。

キャッツ　へえ。名前は？

シェリル　するの、しないの？　どうすんの？

短い間。

シェリル　ええ。

キャッツ　しゃぶるのに着けろって？

シェリル　二五ポンド。（コンドームを指す。）悪いけど、それ、着けて。

キャッツ　わかった。じゃフレンチ頼むよ。いくら？

シェリル　フェラ。

キャッツ　「フレンチ」って何だ？

キャッツ、ズボンを下ろす……。

キャッツ　あれ……。

シェリル　どうしたの？

キャッツ　ちょっと今は着けられない……。

シェリル　私はいいけど。

キャッツ　そりゃ困る、実際。

シェリル　マッサージしときゃよかったのに、どう？

キャッツ　してもらえる？

シェリル、キャッツの股をさする。キャッツ、彼女をじっと見つめる。

シェリル　どう？

キャッツ　（静かに）ああ。ありがとう。いいね。いい子だな、君。

シェリル　あんたもね。じゃ、いいかしら？　ゴム着けてくれる？　（シェリル、さするのをやめ、タオルで手を拭く。）

キャッツ　えっと……いいかな……？

キャッツ、シェリルに見てほしくないという仕草をする。シェリル、後ろを向く。

キャッツ　すまん、ただちょっと……。

シェリル　はいはい。

キャッツ　（キレて）おい、あんた「心優しい売春婦」のふりだけでもしてくれよ。

シェリル　私──おしゃべりは──しない。いい？

キャッツ　それなら、俺も勃《た》たない。（キャッツ、ズボンを引き上げる。）

シェリル　じゃ、終わり？

キャッツ　*ああ、終わりだ。何て惨めなんだ、シェリル。こうなるのは俺たちが人間だからさ。外は天気がよくて素敵な日曜の午後ってのに……神様は俺たちにこの……命というものを下さった。そりゃす

＊　前シーンのロード氏との関係から、この一連のせりふはアダムとイヴを思わせる。

ばらしい……授かり物だ。なのになぜすばらしいって思えないんだ？

❖

夜。裏通り。マーティンとフェリックスがキャッツに近づいてくる。

マーティン　あんたかい？　買い物したいってのは。あんたか？　俺たちのこと……嗅ぎ回ってたのは？
キャッツ　ああ。
マーティン　ＯＫ。

間。

キャッツ　あんたら、何者なんだ？
マーティン　誰から聞いた？
キャッツ　何のことだ？
マーティン　誰――から――聞いた？
キャッツ　誰からも。
マーティン　なぜここがわかった？

キャッツ　パブで誰かに聞いた――
マーティン　誰かに？　いや、いや、いや――そんなはずねえだろ。
キャッツ　そうだった。すまん。
マーティン　わかりゃいい。何が欲しい？
キャッツ　ピストルをくれ。*
マーティン　おいおいおい、シーッ。
キャッツ　(ささやき声で)ブツが欲しいんだ。
マーティン　ブツ……。
キャッツ　ピストルだよ。
マーティン　何に使うのさ、ミスター・ボンド？
キャッツ　あんたには関係ねえ。
マーティン　欲しいのか？　欲しくねえのか？
キャッツ　知り合いが欲しがってる。
マーティン　誰だ？
キャッツ　友達。俺の知ってる奴だ。
マーティン　名前は？
キャッツ　ハワード。
マーティン　なぜ欲しがってんだ？
キャッツ　あいつは――あいつが何に使うのかは知らねえ。たぶん――
マーティン　わかったよ、わかった。どんなの探してる？

＊　この一連のやりとりについては一五ページ参照。キャッツは業界用語を使って場馴れしたふりをしようとするが、実際は通じず滑稽な結果を生んでいる。こういったおかしさは一〇九ページにも見られる。

キャッツ　リボルバーが欲しいんだ。あんたら、リボルバーは扱ってるのか？
マーティン　もちろんさ。
短い間。
キャッツ　いくらだ？
マーティン　いくらだと思う？
キャッツ　んー……三〇〇？
フェリックス、忍び笑いする。
キャッツ　頼むよ……こういうのに関しちゃ素人なんだ。教えてくれよ。
マーティン　（フェリックスに）黙ってろ。（キャッツに）気にするな、こいつは耳が悪いんだ。
キャッツ　え？*　気味が悪い？
マーティン　み、み――耳が聞こえないのさ。（フェリックスに）おい、聞こえるか？　（キャッツに）ロシア製はどうだ？
キャッツ　ロシア製……？**　使えるのか？
マーティン　信用しろ。
短い間。

* 原文は Martin : Don't mind him, he's deaf. Katz: He's death? 観客には deaf と death は音の重なった駄洒落に聞こえる。この聞き違いには、自殺を考えているキャッツの深層心理が無意識に表れている。
** ロシア製には不良品というイメージがある。ロシアン・ルーレットとの連想も生む。五六、一四五ページ参照。

キャッツ　いくらだ？
マーティン　借りたいのか？　買いたいのか？
キャッツ　あ？
マーティン　借りるんだったら、使って、返す。レンタカーとか結婚式の貸衣裳みたいなもんだ。
キャッツ　うーん……。
マーティン　どうやら買いたいみたいだな。そいつは高くつくぜ。（思案する。）一〇〇〇かな。
キャッツ　一〇〇〇？
マーティン　輸入モンだ。そのくらいはする。
キャッツ　あるのは八〇〇だけなんだ……。
マーティン　現ナマで持ってるのか？
キャッツ　ああ。で、あんた、今それを――
マーティン　俺は何も持っちゃいねえ、ハワードさんよ。あんたと同じさ。「ブローカー」。あとで受け取れ。別の場所で。
キャッツ　で……それは……チェックできるのか？　買う前に。
マーティン　何だって？　「お宝鑑定」みたいにか？　あんた俺がガラクタ売ってると思ってんのか？
キャッツ　いや、けど――
マーティン　何だ？

キャッツ　レース用のピストルをつかまされるんじゃないかって。
マーティン　レース用のピストルがいるのか？
キャッツ　いや。
マーティン　じゃあ売らねえよ。レース用のが欲しいって？
キャッツ　いや。
マーティン　競馬とか水泳大会で使うのか？
キャッツ　いや。
マーティン　素人はこれだから。

短い間。

キャッツ　それと……弾もいる。
マーティン　いるだろうな。
キャッツ　それも……付いてるよな。
マーティン　かな？　フツー別売りだぜ。*
キャッツ　あんたにぶん取られても構わねえ。馬鹿にされるのも平気だ。わかってるよ。それで気分爽快になるんだろ？　けど欲しいんだ。入手するためなら何でもやる。だから使いもんになんねえやつは絶対ごめんだ。いいな？

間。

＊　原文は Yeah, like batteries. 英国では日本と違い電池は通常別売りの場合が多い。商品の箱に "batteries not included" という表示は珍しくない。

マーティン　つべこべ言わないで金出しな。

沈黙。

キャッツ　あ？

マーティン　ピストルはない。あるのはお前と俺たちとお前の金。

短い間。

キャッツ　金は渡せねえ。これしか持ってないんだ。

マーティン　それしか欲しくないんだ。なあ。

キャッツ、フェリックスを見る。フェリックス、両手をコートのポケットに入れている。武器を隠し持っているかのように片手を動かす。怖くなったキャッツ、マーティンの方を振り返る。

キャッツ　「ナイフ」*は「ドス」？

マーティン　いいえ、ナイフはナイフでございます。

キャッツ、現金ではちきれそうな封筒を取り出す。それをマーティンに渡す。

キャッツ　あんたらプロだ。尊敬するよ。

マーティン　毎度どうも。

＊　一〇五ページの注＊参照。

マーティン、退場。フェリックス、キャッツをじっと見る。

キャッツ　何見てんだ？

フェリックス　何も。

フェリックス、ポケットから両手を出す。キャッツ、たじろぐ。
フェリックス、ニヤリと笑う。フェリックス退場。

❖

別の日。通り。キャッツ、ゆっくりと両膝をつく。考える。ゆっくりと片手を上げ、物乞いの姿勢を取る。静かに、自分自身に語りかける。

キャッツ　俺は乞食か？
それともただ……乞食のふりをしてるだけか？
金は少しならある。
じゃあ何のために物乞いを？
何か思い出す……。

キャッツ　「アリガトウ」*。

❖

別の日。キャッツ、チョークを持って座り込み、地面に絵を書いている。少年（オリー役と同じ俳優）が近づいてきて彼を見ている。キャッツ、上目遣いにちらっと見る。

少　年　それ、何？

キャッツ　地図**を描いてるんだ。今まで行った所を全部描くんだ。

少年、地図を見る。キャッツは描き続ける。

少　年　ここはどこに描いてあるの？

キャッツ　まだここは描いてないんだ。

キャッツ、少年を見上げる。

キャッツ　名前は？

少年の母親、息子がキャッツに話しかけていることに気づく。

* ここでキャッツはおそらく東京の乞食のこと、家族と会話していた頃のことなどを思い出すのであろう。六九ページ参照。

** 四八ページ参照。

母　親　ジョン、来なさい。

少年、母親のもとへ行く。振り向いてキャッツを見る。

母　親　見ちゃダメよ。

二人、退場。

❖

別の日。和音が一つ響く。遠くでウクレレが聞こえる。急に音が小さくなって消え、キャッツにスポットが当たる。キャッツ、ゆっくり静かに、思い出しながら……「恋のランプポスト」を歌う。

キャッツ　街灯にもたれて……
人は俺を浮浪者だと思うかも……
それとも獲物をあさってる車泥棒か……
けど違うんだ、俺はペテン師じゃない。
そんなふうに見えるのなら、
教えよう。なぜここにいるのか、何をしようとしてるのか……

街灯にもたれて通りの角に立ってる。
あの可愛い娘が通りかかるのを待って
ラララ、ラララ、あの可愛い娘が通りかかるのを……

キャッツ、奇妙な喜びのダンスを踊る。照明がパッと明るくなる……

ノーム　ハワード*……。

❖

コインランドリー。日中。
かご一杯の洗濯物を抱えたノーマンが現れる。キャッツ、彼に近づく。ノーマンの両手は包帯で巻かれている。

キャッツ　手伝うよ……。

キャッツ、靴下と下着を選り分ける。

キャッツ　時々、何もかもぶち壊してしまいたい気分になる。
ノーム　世界をか？

＊　ノームの声だけが聞こえる。姿は見えない。

キャッツ　ああ。でもまずは「エゲレス」*から始める。

ノーム　始めるときは言ってくれよな。よそへバカンスに出かけるから。間。

キャッツ　なあ、ノーム。俺が殺してやろうか？

ノーム　誰を？

キャッツ　あの……野郎どもだよ、あんたに怪我させた。

ノーム　「野郎」なんて。まだ子供だよ。何もやることがなくて持て余してるんだ。

キャッツ　やるべきことはいっぱいあるさ。

ノーム　怪我させたなんて、大げさにするな。押されて転んだだけだよ。

キャッツ　それならそれで教えてやろうじゃないか。それが俺たちの義務ってもんだ。

ノーム　いやあ。あの子らはただ、ものを知らないだけだよ。

キャッツ　そのうえ人種差別はするわ。

ノーム　それも、ものを知らないからさ。悪いのは教育なんだ。

キャッツ　違う！　何が教育だ。悪いのはあいつらだ。あんなことやったあいつらが悪いんだ。

ノーム　かもな。けど、殺すほどのことでもなかろう。

キャッツ　じゃあ、どうするって言うんだ？　あいつらまたやるぜ。

* 原文は Ingerlund　フーリガンなどが使う言い方。応援口調で In-ger-land と言う。

間。

ノーム　もうやりゃせんだろ。

キャッツ　じゃ、またやられたら、俺に言えよな？

ノーム　わかったよ、「バットマン」[*]に電話するよ。

短い間。

キャッツ　「毎日が誕生日」[**]、なんだろ？

ノーム　そう思ってないと。

キャッツ　（キレて）なんでだ？　受け入れたらどうだ、現実はそうじゃないって？

ノーム　（怒って）お前こそ、鏡を見たらどうだ。ちょっとは謙虚さってもんを身につけろ。それに母親と息子に会ってやれよ。それが一番だ。お前は人生台無しにしてる、ハワード。

間。キャッツ、滑稽な柄のボクサーパンツを持ち上げて見せる。

キャッツ　こんなのはくのか？

ノーム　ああ。悪いかよ？

短い間。

＊　原文はI'll call you on the 'bat-phone'. bat-phoneとは漫画「バットマン」に出てくる電話。漫画では、Commissioner Gordon（ゴードン署長）がこの電話を使って、バットマンに助けを求める。ちなみにバットマンの相棒はロビンである。一五六ページの注＊＊参照。

＊＊　六九ページ参照。

キャッツ　会ってくれてありがとう、ノーム。バーンは元気かい？
ノーム　知ってるかと思ってた。
キャッツ　何も知らんよ。どうして？
ノーマン、肩をすくめる。
ノーム　なんてことない。
キャッツ　言ってくれよ……。

❖

バーン、床屋で床を掃いている。
バーン　これまた誰かと思ったぜ！　生きてたか？
バーン、両腕を広げる。キャッツはじっとして動かない。
キャッツ　ノーマンから聞いた。クビにしたんだってな。
間。
バーン　ああ。

キャッツ　どうして？

バーン　だって……店に合わないんだ。

キャッツ　改装するんだってな。

バーン　リニューアルだよ。

キャッツ　ノームはずっと働いてきたんだ。あの人は家族なんだよ。オリーの名づけ親にもなってくれた。

バーン　小遣いはやった。大丈夫さ。

キャッツ　何が「リニューアル」だ？　くそっ！

バーン　いいから――落ち着けって――兄貴に会ったら言おうと思ってたんだ――でも会えなかったから。もちろん店の名前はそのままにしとく。けど……。

キャッツ　客はどうなるんだ？　常連たちは？

バーン　来やしねえ。父さんがいなくなったからな。新しい客を作らなきゃ。今じゃここいらはおしゃれなエリアなんだよ。がっぽり稼げるのさ、兄貴。銀行でローン組んじまったし、スポンサーもいる――わかってくれよ。ナットが手伝ってくれる。いいセンスしてんだ。アートに向いてる。――あいつのお陰でちょっとは雑誌に取り上げられるし――壁を剥いでむき出しのレンガにする。木のフローリング。きっといけるぜ。

キャッツ、バーンを見る。沈黙。

キャッツ　父さんが聞いたら嘆くぞ。わかってるだろ。
バーン　そうかな。
キャッツ　わかってるくせに。
バーン　俺は父さんと一緒に働いたんだぜ。毎日。父さんを崇拝してたからって、父さんを理解してたことにはならないんだぜ。この店は俺のなんだ。
キャッツ　だからってクビにできるわけないだろ、バーン。
バーン　できるね。
キャッツ　なんで？
バーン　腕も良くないし。
キャッツ　「腕も」って？
バーン　腕が悪いんだよ。
キャッツ　悪くはないさ。
バーン　「悪くはない」じゃダメなんだ。場違いなんだよ。
キャッツ　場違い？　このクソ野郎。
バーン　若い奴らはどっかのヘンクツじじいに髪を触られるのが嫌なんだよ。
キャッツ　どっか他所からやってきたヘンクツにだろ？

バーン　どうとでも。
キャッツ　（激しく）いいか、バーン。俺たちゃユダヤ人だ。ユダヤだよ。ユダ公なんだ。
バーン　だから？
キャッツ　だから人種差別はしねえ。だから憎み合ったりはしねえ。それに家族思いだ。それに正義を信じてる。
バーン　能天気なこと言ってんなよ。バーカ。*
キャッツ　なあ、バーン、あの人に仕事を戻してやれよ。なあ、頼む。
バーン　（そっけなく）すまんな、おっちゃん。（バーン、再び床を掃き始める。）
キャッツ　「おっちゃん」って、俺はお前の兄貴だぜ。
バーン　（振り向いて）じゃあそうなってくれよ。俺の味方になってくれ。一度でいいから。

間。

キャッツ　父さんが一体どうやってお前に週三五〇ポンドも工面して払ってたか知ってんのか？
バーン　それだけ働いてたもんな。
キャッツ　ノームは三〇〇だったぜ、最高でも。
バーン　だから？

* 原文は Don't come in'ere like fuckin' Topol. トポルはユダヤ系の映画俳優。「屋根の上のバイオリン弾き」（*Fiddler on the Roof*, 1971）にも出演している。この映画には、正義と家族を重んじる主人公が登場する。家族愛を説くキャッツにイメージがだぶる。

キャッツ　だから、どこからそんな金が出てたと思う？　お前にそれ以上出すだけの。

バーン　父さんがくれたんだ。

キャッツ　あ？

バーン　俺が息子だから余計に払ってくれたのさ。どこがいけないってんだ？

キャッツ　どこも。父さんはお前を愛してた。だからお前にボス気分になってほしかったんだよ。それで余計に払った。自分が払える以上に。そしてその金の出所は……俺さ。俺は十五年間お前に金を出し続けた。いいな、何も変えるな。あの人に――俺たちが生まれたときから知ってるあの人に、仕事を返すんだ。そしたらお前もいっちょまえの男だ。

間。

バーン　何でそんなこと言うんだよ？　何で黙っといてくれなかったんだ？

キャッツ　お前がろくでなしだからさ。これっぽちのモラルもねえ野郎だ。

バーン　モラルがねえって？　あるさ。ほら。

バーン、キャッツを殴る。キャッツ、床に倒れ込む。バーン、蹴りをくらわせる。

バーン 説教たれんなよ。俺に説教するな、死ね、この自己中。勝手なんだよ、お前。

バーン、キャッツに唾を吐きかけ、出て行く。
キャッツ、床に横たわったままシクシク泣く。
舞台の袖に何かが見え、泣き出す。……ジョー、登場。着古した床屋の上着を着ている。ジョー、キャッツを抱く。

ジョー シー……シー……いいから……シー。
キャッツ もうだめだ、父さん。どうかなっちまいそうだ……。怖いんだ……どうやって生きていったらいいの……教えてくれよ、どうしたらいいのか……。
ジョー 戻れ。もとの暮らしに戻れ。

ジョー、退場しようとする。

キャッツ 父さんのためにカディッシュを唱えたよ。
ジョー わかっとる。ありがとう。
キャッツ どっかに……どっかにいるはずだよね、何が起こってるのかを知ってる人が……。

ジョー　神様は知ってるかな？　会った？
（肩をすくめて）いや。
天国にはほど遠いよ、お前。*
ほど遠いよ。

ジョー退場。

❖

キャッツのかつての事務所のロビー。後ろに警備員が立っている。むさくるしい姿のキャッツが身だしなみを整えようとしながら待っている。

キャッツ　ちょっと、すみません。どんなふうに見えますか？
警備員　どんなふうに見られたいんです？
キャッツ　堂々と。
警備員　そう見えますよ。
キャッツ　ほんとに？　幸運を祈ってくれますか……？
警備員　幸運を。

* 原文は I'm nowhere near. これは I'm nowhere near God / I'm not in heaven の意味。ユダヤ教には煉獄（Gehenom）という天国に行く前の世界があり、そこで生前の罪を清めなければならない。

マーシャが現れる。

マーシャ　キャッツさん、ティナは電話中です。まもなく降りてまいりますから。何かご入り用のものは？

キャッツ　（じっと見て）会ったことある？

マーシャ　（よそよそしく）あなたのアシスタントをしてました。ほんの少しですけど。マーシャです。何かご入用のものは？

キャッツ　じゃあ笑ってくれないか？

マーシャ　ティナがまいりますので。

ティナ登場。キャッツを見てすぐにマーシャに留まるよう身振りで伝える。

ティナ　ハワード……。

キャッツ　会ってくれるなんて、感謝するよ。本当にありがたいと思う。さすが君だ。髪型変えた？

ティナ、首を振る。

キャッツ　とにかく、とても元気そうだ。上階《うえ》に上がる？

ティナ　ここでいいわ。

キャッツ　*そうか……ええと、君らが勧めてくれたようにちょっと休養を取ってみた。いろいろ考えた——全く君の言うとおりだったよ。

＊　職場に復帰したいキャッツは、プライドをかなぐり捨てて、一幕最終場において職場をクビになる際にグレッグとティナから言い渡された内容のとおり、忠実にやってみたと訴えている。九一ページ参照。

ティナ　「深く考える」必要があったんだね。だから、時間をかけて「深く考えて」みた。そしたら何がわかったと思う？　俺は深みのある人間なんかじゃなかったのさ。だから、こここそ俺の居場所なんだ。俺は業界人なんだ——じゃなきゃ俺じゃねえ！　グレッグは元気？

キャッツ　ランチよ。

ティナ　（静かに）ランチか。いいな。どこで？

キャッツ　いつものとこよ。

ティナ　ああ、そうだよね。さてと、だからひょっとしたら君が許可してくれたら——誰かを担当するなんてことはしない方がいいと思うけど、電話番したり、伝言を聞いたりコーヒー入れたり、整理するんだよ、例の……あの……あれ……。

キャッツ、身振りで示す。はじめはゆっくり。次第にイライラして。

キャッツ　何だっけ？

間。

マーシャ　ロ＊ーロデックス。

キャッツ　そいつだ、ありがとう。つまりね、俺はこの業界に詳しいんだ。

ティナ　そうね……グレッグに話してみるわ。

＊　九〇ページ参照。ローロデックスはキャッツの仕事を象徴する小道具となっている。その名前が思い出せないことは、ビジネスマンとしての力量を失ってしまったことを意味する。

キャッツ　よかった。話してくれるね？
ティナ　ええ。
キャッツ　ありがとう、ティナ。
ティナ　どういたしまして。ちょうどサンドイッチでも買いに行こうと思ってたのよ。出ましょう——（ティナ、キャッツを出口の方に連れて行こうとする。）
キャッツ　グレッグ、何て言うだろう？
ティナ　話*したらすぐに連絡するわ。
キャッツ　ありがとう。（キャッツ、ティナにキスする。）また会えてよかったよ、マーシャ。

キャッツ、持ってきていた灰色**のビニール袋を取ってティナについて行こうとする。瓶がカチャカチャ音を立てる。

ティナ　ハワード、これ、もらってくれない？（ティナ、財布から名刺を取り出す。）これ私のかかりつけのセラピスト。名前と番号が書いてあるわ。彼女いいわよ。電話してみたらどう？
キャッツ　あ？
ティナ　電話してみて。話すだけでも。
キャッツ　（状況に気づいて）ああ……ああ……なるほどな……。（キャッツ、自分の額を叩いて自分に腹を立てる。）グレッグに会わせろ。

＊　二六ページ参照。キャッツは一幕でマーシャに「考えとく＝ノーだ」と諭している。キャッツはティナの婉曲のノーに気づかない。これで前の「俺はこの業界に詳しい」というせりふの逆を証明してしまっている。
＊＊　八ページの注＊参照。

ティナ　ランチに行ってるのよ、ハワード。
キャッツ　行ってるとも。そうだろうとも。（キャッツ、事務所の中へ入ろうとする。）
マーシャ　（警備員に）どうにかしてよ、このウスノロ。
キャッツ　グレッグはどこだ？　会わせろ、今すぐ。
マーシャ　そこよ。

グレッグが、リッキー・バーンズと共にすでに登場している。ティナ、グレッグに「トラブル発生」と目配せする。
キャッツ、片ひざを地面につく。

キャッツ　グレッグ様。徳高きグレッグ様。ランチはお気に召しましたか？　高級ワインをがぶ飲みされましたか？
グレッグ　えっと……ああ、ありがとう……。
キャッツ　古巣に戻ったか、リッキー。
リッキー　ああ。
キャッツ　（グレッグに）抜け目無い猟犬だな、この老いぼれ犬め！　ワンワンってな！　ちょうどよかった。いまティナちゃんと話してたんだ、復職のことでね……で……俺はこいつをよく知ってる。こいつも俺を知ってる。どうだろう？　俺がこのリッキー坊やをアシストするってのは？　ファンレターの……整理とか。どう思

グレッグ　う？　グレッグ？

リッキー　ああ……まあ……考えてもいいかな……リッキー？

キャッツ　アシスタントならもういるよ。（懇願して）もう一人つけてくれよ。どんなにいたって多すぎるってことないだろ。考えてくれるね？

短い間。

リッキー　考えたよ、ハワード、で……あんたのあぶくは壊れて消えたって結論に達した。言ってること、わかるだろ？

グレッグ　（神経質に笑う。）いやあ……「アイタッ」。わはは。残念だな、ハワード。

フリーズ。キャッツが彼らを見ていると……。

❖

病院の用務員がキャッツの母親エリーを車椅子に乗せて来る。前の場面は「消える」。

＊　一三三ページ参照。

用務員　キャッツさん……。
キャッツ　どうも。母さん、ハワードだよ。
エリー　ああ。
キャッツ　わかるかい？　息子だよ。
エリー　ハワード。
キャッツ　そうだよ。写真持ってきたよ。俺と、バーニーだ。ほら、小さいときのだよ。俺たち兄弟だ。二人とも母さんの息子だよ。で、ここに写ってる女の人は、母さん。これが父さん。母さんの夫だ。ジョー。わかるかい？　ジョーだよ。

短い間。

エリー　蜜蜂*がいたんだ。
キャッツ　蜜蜂……？
エリー　窓から入ってきた。羽が見えたんだよ。とても動きが遅くて。刺されなかったよ。

間。

キャッツ　来れなくてごめん。他所へ行ってたんだ。ジャングル**に行ってた。覚えてる？　でもこうやって戻ってきた。これからは母さんのそ

＊　エリーは、キャッツの問いかけに答えることなく、蜜蜂のことをつぶやき続ける。ユダヤ人には、新年にりんごなど丸くて甘い物に蜂蜜をかけて食べる風習があったりもするが、ここでの蜜蜂のエピソードが何を指すのかは不明である。
＊＊　四〇ページ参照。

ばにいるよ……。

エリー　飛んでいっちまった。

キャッツ、写真をエリーの手に握らせる。

キャッツ　これ、いる？

エリー　ああ。

キャッツ　いるの？

エリー　どっか暖かいとこに行っちまった。

キャッツ　蜜蜂かい？

エリー　小さかったけど、蜜蜂にしちゃ大きかった。

キャッツ　そうだね。

エリー　大きくて太った蜜蜂だった。

キャッツ　大きくて太ったマルハナバチだね。

エリー　刺されなかったよ。

キャッツ　そうだね。

エリー　撫でてやった。

キャッツ、エリーの片手を握る。写真を取り上げて自分のポケットに入れる。用務員、エリーを押して立ち去る。

❖

キャッツの家。早朝。
キャッツ、ソファで寝ている。パジャマ姿のオリーが入ってくる。父親の姿が目に入る。おそるおそる見つめる。
キャッツ、目を覚ます。

キャッツ　怖がらないで……。

キャッツ、オリーに隣に座るように身振りで示す。少年は立ったまま。

キャッツ　大きくなったな。立派な男だ。

オリー、キャッツを見る。

オリー　帰ってきたの？

フレッドがガウンを着て入ってくる。野球のバットを持っている。キャッツ、立ち上がる。

キャッツ　ハワードだ。勝手に忍び込んで、寝てしまった。すまない。君が……。

キャッツ　待っていい？
フレッド　まだ寝てます。
キャッツ　ジェスと話したいだけなんだが……いいかな？
フレッド　フレッドです。

二人、お互いを見る。

フレッド　呼んできますよ……オリー？
キャッツ　ここにいて大丈夫……本当だ。（キャッツ、バットを指す。）そりゃ俺のだ！
フレッド　大丈夫、オリー？

オリー、うなずく。

フレッド　すぐ戻ってくる。（フレッド、退場。）
キャッツ　いい人みたいだな。いい人か……？
オリー　うん。

キャッツ、ソファの横の小さなゴルフバックを指す。

キャッツ　お前のか？
オリー　そうだよ。
キャッツ　お前、ゴルフするのか？

オリー　ノーマンが連れてってくれる。

キャッツ、微笑んでクラブを一本引き抜く。それをオリーに差し出す。オリー、躊躇する。

キャッツ　見せてくれる……？

キャッツ、クラブを差し出して頭を下げる。

キャッツ　頼む……。

オリー、ゆっくりとキャッツの方に近づいてクラブを受け取る。ジェスとフレッドが入ってくる。ジェスはガウンを着ている。

キャッツ　オリー、ゴルフやってるんだってな……。
ジェス　ええ……とても上手よ。コーヒーでもどう？
キャッツ　いいね。ありがとう。
ジェス　（フレッドに）あなたは？
フレッド　そうだね。オル、朝ごはんの時間だよ……。
オリー　ゆで卵？　スクランブルエッグ？
フレッド　お楽しみ。

オリーとフレッド、退場。キャッツは二人が出て行くのを見る。

ジェス　何しに来たのよ？

キャッツ　考えてた……自分の一番したいことは家に帰ることなんだ……でも、それができないってのはわかってる……よくわかった……だから……ちょっとの間でいいんだ……ここにいさせてくれないか？　空いてる部屋に……住んでもいいかな――家賃は払うよ――オリーを学校に送ることもできるし……家の掃除なんかもちょっとはやれる……いさせてくれないか……君に面倒見てもらいたいんだ。頼む。

短い間。

ジェス　一体どうしたっていうの？

キャッツ　それは、「だめ」ってこと？

ジェス　できるわけないじゃない……。

キャッツ、理解してうなずく。

キャッツ　バーンはどうしてる？　最近会った？

ジェス　……ええ……ナットがおめでたよ……。

キャッツ　オリーが生まれた日のこと覚えてるか？*　当たり前だよな。

キャッツ、持ってきていたビニール袋を取って出て行こうとする。

＊　五一、一五七、一五九―一六〇ページ参照。

ジェス　お金は足りてるの？
キャッツ　なんとかやってけるぐらいは。ありがとう。
ジェス　ずっと連絡取ろうとしてたのよ。何カ月も。
キャッツ　ああ。ちょっと他所へ行ってて。
ジェス　フレッドと私、結婚したいの。
キャッツ　そうか。グッドラック。いつ？
ジェス　あなたさえ……。*
キャッツ　そうだな。ああ。もちろん……。
それがいい。そうするのが一番だ。
君のお気に入りのオースティン、読んだよ。

ジェス、片手を差し出す。キャッツ、その身振りを誤解して自分も手を伸ばす。

ジェス　鍵、渡して。

キャッツ、持っていた家の鍵をジェスに渡す。

キャッツ　すまないと思ってる。それだけはわかってほしい。

間。

ジェス　助けが必要なら、何かさせて。

* 原文は Once you and I... そのあとに続くのは get divorced.

キャッツ　いやあ、助けは必要ない。（わずかに微笑んで）自分に必要なものが何かはわかってるさ。

❖

カジノ。キャッツ、ブラックジャックのテーブルに立っている。
監視役（ノーマン役と同じ俳優）がそばに立っている。
ディーラー（ナタリー役と同じ俳優）がカードを繰っている。
BGMにラウンジ・ミュージックが小さくかかっている。

監視役　今夜はこれで最終ラウンドになります、お客様。
キャッツ　今、何時？
監視役　四時十五分前です。
キャッツ　ほんとか？　じゃ、勝った分を倍にしてやるぞ。
監視役　勝っていらっしゃるんですか？　おめでとうございます。
キャッツ　スバラシイと思わねえか？　負け知らずさ！
聞いた話じゃ――ほんとかどうかわかんねえけど、たぶんほんとだ――昨日の夜、「金のひづめ」*である男が全財産、持ってた分だけ全部、二万五〇〇〇ポンドぐらいかな、ルーレットですっち

* 原文はthe Golden Horseshoe
金の蹄鉄は幸運を呼ぶ縁起もののアイテム。

まったんだ……で、警備員の奴ら、監視カメラでそいつを見てた……（キャッツ、上を見て手を振る。）どーもー。奴ら、そいつが絶対自殺するはずだって思ったのさ。奴らにしてみりゃ、そんな面倒なことカジノで起こしてほしくねえよな。「カジノは自殺の名所です」みたいなことになるもんな。

監視役 お客様……。

キャッツ で、結局その男、全部すっちまってあげくにゃテーブルにゲロ吐きそうになって。青くなったり赤くなったり*──まるで信号機だな──すごすごとトイレにこもりやがった。妙に腹くくったような──ホッとしたみたいな顔してね。「イエス」から「ノー」に急転換さ**。おい、わかるか？　クサイと思ったんだろうな、警備員は、そいつがカミソリ持ってるって──実際、準備万端で来てたのさ──やるか、やられるかって***。で、警備員の勘は当たってた。男はトイレに隠れて仕事にかかろうとした。次の瞬間、バーン！　警備員が踏み込んできてドアをブチ破ると男を裏口に引きずっていって、外に蹴り出した。男の手首にはどっちにもカミソリが突き刺さってて、ベイズウォーター****界隈を染めるくらいドクドク血を流した。けど……カジノの中で死んだわけじゃない。で、俺からの質問。おたくの方針はどうなの？

監視役 方針なんてございません、お客様。

* 原文は he's white and green-looks like a human Prozac　プロザックは抗鬱剤の商品名。白と緑の錠剤。

** この男の、「生きるべき（Yes）か死ぬべき（No）か」の神への問いに、ルーレットを通して「死ぬべき（No）」という答えが出た。

*** 原文は do or die　do は suicide の意味。「自殺をするか、のたれ死ぬか」ということで、結果的に死ぬことには変わりないが、故意に命を絶つかどうかを問題にしている。

**** ロンドンにある地名。パディントン駅のやや南。

監視役、ピット・ボス*（バーン役と同じ俳優）に、キャッツに注意しろと合図を送る。

ディーラー　カードをカットされますか？

キャッツ　ぜひカットさせていただきたいですねえ。

ディーラー、カードをカード入れに置く。ウエイター（ロビン役と同じ俳優）が登場。

ウエイター　お飲み物は何になさいますか？

キャッツ　（ウエイターに）ヒ素を。

ウエイター　と申しますと？

キャッツ　（ウエイターに）ストレートで。レモンの皮**も入れてな。マッチ、あるか？

ウエイター、キャッツにマッチを渡す。

キャッツ　どうも。（監視役に）ちょっと旦那、何ボックス***、プレーするのがお薦め？

監視役　一つか、二つでしょうね。

キャッツ　六つプレーしよう。一〇〇ポンドずつ賭けるよ。

* 賭博台の元締め。

** 原文は with a twist　twist は a piece of lemon peel の意味。

*** ディーラーから配られたカードを置く場所。お金を賭ける場所。

キャッツ、六つのボックスに一〇〇ポンド分のチップをそれぞれ載せる。
監視役はウエイターに行けという意味を込めてうなずく。
キャッツ、持っていたヤムルカをかぶり、天を見上げる……。

キャッツ　あんたのためにかぶるよ。ちっちゃな監視カメラのためじゃなくて、あんたのために。大きな全知全能のカメラ様。*いいかい？あんたのためだ。

夫婦が一組（ジョー役とエリー役の俳優）テーブルにやってくる。

男　ここでプレーしてもいいでしょうか？

キャッツ　寄ってらっしゃい、見てらっしゃい。

女が残ったボックスの所に座る。

男　私じゃなくて、こいつなんです。

女　こんばんは。（女は五ポンドチップをボックスの上に置く。）

キャッツ　そう。五ポンドたあ大きく賭けましたね。やりましょう。

ディーラーがカードを配る。ウエイターが近づいてくる。

ウエイター　お飲み物は何になさいますか？

男　ふうむ……ホットココアを二つ、頼む。

＊原文はThe Big All Seeing Camera. 神のこと。

女　ありますか？

ウエイター　確認してきます。ホットココア二つですね。

ウエイター、退場。ディーラーがキャッツの六つのボックスのうちの最初の一つに向かう。

ディーラー　一三です。

キャッツ　カードをくれ。

ディーラー　一七です。

キャッツ　パス。（次のボックスで）カードはいらない。（その次のボックスで）カード、くれ。数は？

ディーラー　ソフト・セブンティーンです。*

キャッツ　カードくれ。

ディーラー、カードを一枚出す。

ディーラー　二〇です。

キャッツ　神様アリガトウ！（その次のボックスで）カード、くれ。やった！（次のボックスで）ダブルにするぞ。

ディーラー　ダブルですね。一枚限りです。（ディーラー、カードを出す。）一八です。

キャッツ　かたじけない。（次のボックスで）カードくれ。

＊　ソフト（soft）はAを一一として計算する方法。ソフト・セブンティーンは「一一としてAを数えた場合は一七です」という意味。ソフトに数えるかどうかは一つのゲームの中で変えることができる。一四六ページの「ソフト・サーティーン」も同様。

ディーラー　一六です。
キャッツ　ふうむ。（ディーラーに）君ならどうする？
ディーラー　お客様次第ですよ。
キャッツ　そんなことわかってる。俺が聞きたいのは君ならどうするかってことだ。
ディーラー　私はプレーしませんから。
キャッツ　じゃ、カードを。
ディーラー　一九です。
キャッツ　サンキュー、ネエちゃん。

ディーラー、女の方に向いて、彼女のボックスを指差す。

ディーラー　八です。
女　カードをお願いするわ、あなた。
ディーラー　一五です。
女　うーん……。
キャッツ　（親しげに）ちょっと奥さん、すまないけど、そこで止《と》めといてもらえないかな。どうせ小さな手だよ。ディーラーに渡してやりな。
女　一五対九よ。引かなきゃ。
キャッツ　俺は六〇〇ポンドも賭けてる。あなたのは――言っちゃ何だけ

女　どー―ゼリー・ビーンズくらいなモンじゃないですか。頼みます、カードは引かないで。お礼はするから。一五対九のときはいつも引くことにしてるの。確率でいうと引くべきなのよ。

キャッツ　あんた何者だよ、プロか？

監視役　お客様。

キャッツ　賭けてるのはたったの五ポンドだろ。カードを引かなかったら二五ポンドやるからさ。

女　そうするって決めてるの。カード、下さい。

ディーラー、五のカードを出す。

ディーラー　二〇です。

女　（キャッツに）ほらね！

ディーラー　これでカードを引ける回数は終わりました。（ディーラー、自分のカードを引く。二一……そしてもう一枚、一〇。）一一……二一。

キャッツ　（女に）ほら、ほら！　ほら！

ディーラー、女のチップとキャッツのチップをすべて下げる。

女　（肩をすくめて）私は間違ってない。確率で勝負したんだから。

キャッツ　あんた、トンマじゃねえのか。
監視役　お客様。
キャッツ　（ディーラーに）チップにしてくれ。

キャッツ、ぶ厚い札束を取り出してディーラーに渡す。ディーラー、枚数を数え始める。

キャッツ　（女に）「確率で勝負する」くらいならここに来るなよ。誰が来るかってんだ。勝てっこないんだから！

キャッツ、ラウンジ・ミュージックが流れていることに気づく。

キャッツ　（ピット・ボスに）ちょっと、このひどい、ひどい騒音、小さくしてくれないか？　たまらんよ。
ピット・ボス　申し訳ありません、お客様。音量は設定されてますので。
キャッツ　裏でちょいとつまみを回しゃあいいだけだろ？　（カジノ全体に聞こえるように）こんなのが好きって言う奴いるのかよ？　誰か一人でもいるのかよ？　この地球上に。
ピット・ボス　お客様、どうか、お静かに。

キャッツ、一瞬当惑した顔でピット・ボスを見る。*

＊　ピット・ボスの顔が弟バーンの顔と重なり、当惑する。

キャッツ　おい、勘違いしないでくれよ……兄弟、俺はこれでも静かなんだよ。
ピット・ボス　どうか、お客様。
キャッツ　オーライ、オーライ。
ディーラー、監視役の方を向いて、キャッツの出した金額を確認してもらう。
ディーラー　二〇〇〇と五ポンドです。
監視役、うなずく。
キャッツ　そうだ、その五ポンド返してくれ。タクシー代にいるかも。
ディーラー、キャッツに五ポンド返す。残りの二〇〇〇ポンドをテーブルの上のスロットの中に入れ、キャッツのチップを数えながら置き始める。
ディーラー　一〇〇ずつにしますか？　お客様。
キャッツ　そうしてくれ。
男　ハワードじゃないか？　君、ハワード・キャッツ君？
キャッツ　昔はそうだったけど……？
男　（手を差し伸べて）君だと思った！　ルーだ。ルー・グロスマン。ジョーとエリーとは友達だった。葬儀のときに会ったね。

キャッツ　ジャングル・ルーか？
ルー　ジャングルにも行ったよ、そうそう！　リンダ、ハワードに挨拶を！
リンダ　（よそよそしく）どうも。
キャッツ　ブラックジャック・リンダかい？　［何てこった。］　そうだ、アーチェリーの方はどうなの？　ルー。
ルー　いやあ、やめたよ。筋肉が張っちまってな。（ルー、わずかに身振りで説明する。）
キャッツ　おやまあ。
ルー　（ヤムルカを見て）君が信心深いなんて知らなかったな。
キャッツ　ああ、まあね。信心深くなったのさ——ほんと言うと、クソバカみたいに信心深くね。
監視役　お客様。
キャッツ　この人なら大丈夫。ジャングルでライオンと取っ組み合ったツワモノだからな。
ルー　（心配げに）ハワード、お母さんはどうしてる？
キャッツ　死んだ。昨日死んだ。
ルー　うそだろ？
キャッツ　うん、うそに決まってるだろ。

ディーラーがキャッツのチップを数え終わり、彼の前に置く。
マネージャー（ジェス役と同じ俳優）がテーブルにやってくる。
ピット・ボスに何か耳打ちしてキャッツの方を向く。

ディーラー　二〇〇〇です。

マネージャー　お客様……。

キャッツ　*おっと、誰かと思ったら君か！　その手があったか！　**ロシアン・ルーレットでいこう！

マネージャー　これで今夜のゲームは終わりです、お客様。

キャッツ　何だって？（監視役を指して）この「にやけた仏頂面」が一ラウンドできるって言ったじゃないか。

マネージャー　四時五分前ですから、お客様。申し訳ありませんが。

キャッツ　わかった、わかった。掛け金の上限はいくらだ？

ピット・ボス　ボックス一つに二〇〇〇ポンドです。

キャッツ　すばらしい。ちょうど二〇〇〇持ってる。

キャッツ、二〇〇〇ポンド分のチップをボックスの上に積む。大きな高い小山ができる。
カジノの広間全体が静かになる……。

＊　キャッツはマネージャーをジェスと間違う。

＊＊　六つのボックスのうち一つに賭けることが、ロシアン・ルーレットで弾倉に弾を一つ込めるイメージと重なる。ロシアン・ルーレットについては五六ページ参照。

ディーラー　一ボックスに二〇〇〇ですか？　お客様。
キャッツ　そのとおり。（神に向かって）やるか、やられるかだ。あんたに任せるよ、兄弟。*

ディーラー、カードを配り、そしてキャッツのボックスを指す。

ディーラー　ソフト・サーティーンです。
キャッツ　カードくれ。

ディーラー、キャッツにカードを一枚渡す。キャッツ、それを見て喜ぶ。

ディーラー　二〇です。まだ引きますか？
キャッツ　二〇か。これでいい。

ディーラー、リンダのボックスを指す。

ディーラー　一二です。
リンダ　うーん……。
キャッツ　おい、まさか……。
ディーラー　持ち手は一二ですが、奥様。
リンダ　うーん……。
キャッツ　おいおいおい、よせよ……。
ディーラー　一二ですが？

＊　一三六ページ注＊＊＊参照。

キャッツ　一二が出たのにカードなんかいるわけねえよ。誰が一二対三のときにカードなんか欲しがるかい。

リンダ　まだ一〇は出てないし……。

キャッツ　（ディーラーを指して）だからあいつに渡しちまえって。

ディーラー　引きますか？　奥様。

キャッツ　けしかけるなよ。

監視役　お客様。

キャッツ　なあ、いいか、俺は二〇〇〇ポンド*も置いてんだぜ。一生賭けてんだ。リンダ、優しいリンダさん、カードを引かないで……。

ピット・ボス　お客様、ご婦人の好きにさせてあげたらどうです。

キャッツ　ご婦人なんかじゃねえ。

リンダ　ルー？

ルー　（肩をすくめて）「やるべきことをやるがいい」。

リンダ　カードを。

キャッツ　やめろ！

ディーラー　二二です。（ディーラー、リンダのカードとチップを下げる。）

キャッツ　言ったろ？

ディーラー　これでカードを引ける回数は終わりました。

フリーズ。キャッツ、頭が空っぽになって舞台上を見回す。

＊　四二ページ参照。第一幕でキャッツは同じ金額を失って平然としているが、この場面はそれと好対照をなす。

家族が見えるが、皆知らない人である。天を見上げる。

キャッツ　（神に）イエスかノーか？

フリーズが解ける。ディーラー、自分のカードを引く……一〇、二そして六。

ディーラー　一三……一五……二一。

ディーラー、キャッツのカードとチップをすべて下げる。間。

キャッツ　（リンダに）オーバーするはずだったのに。あんたが一〇を引いたから。このクソばばあ。あんたが一〇を引かなきゃオーバーしてたのに！　（はっきりした声で）あんたのせいで何もかもおしまいだ。

ウエイターが戻ってくる。

ウエイター　（ルーに）申し訳ございません。ホットココアは置いてませんでした。

ルー　「セ・ラ・ヴィ」。確かめてくれてありがとう。

ウエイター、立ち去る。

リンダ （キャッツに）あんたがこのテーブルに悪運を運んできたんだよ。

ル　ー リンディ、もう行こう……。

リンダ あんたには悪魔が取りついてる。そいつがカードに乗り移ったんだよ。

キャッツ 何だって？

リンダ 聞こえたくせに。

キャッツ 悪魔だと？

ル　ー リンディ、お前、いいから――

リンダ （鋭く）あんたは黙ってて！　（キャッツに）あたしゃ四十年もプレーしてきたんだ。あんたのようなタイプはわかるよ。あんたの母親は知ってたんだ。あんたのこと、わかってたんだよ。

キャッツ （ピット・ボスに）あんた、このばばあをどうにかしてくれないのか？

ピット・ボス お客様――

キャッツ いいか、ミセス・ラスプーチン*――

ピット・ボス お客様――

キャッツ 「お客様」なんて呼ぶなよ。俺は「様」呼ばわりされる人間じゃない。一生「様」付きにはなれない。

＊ ラスプーチン **Grigorii Efimovich Rasputin**（一八六四／五―一九一六）は帝政ロシア末期の怪人物。「怪僧」と呼ばれる。農民出身の宗教家で皇后アレクサンドラの寵愛を受け、政治に介入。皇帝ニコライ二世の助言者として圧倒的な影響力を持った。最後は右翼政治家と大貴族ユスポフ公爵によって殺され、死体はネバ川の氷の下に投げ込まれた。

ピット・ボスと監視役がキャッツを店の外に追い出そうとする。

ピット・ボス　お客様、出てってもらいます。

キャッツ　心配すんな、出てくよ。こんな店、あばよ、だ。悪魔は出て行きます。（ルーとリンダに）あんたらが*俺にとどめを刺したんだ。

❖

キャッツ、通りに追い出される。歩き始める。

キャッツ　悪魔が店を出ましたよ。レスター・スクエアのみなさん、気をつけな、悪魔のお出ましだ。若いもんを堕落させ、魂を吸い取る。——怒れるユダヤ人のお通りだ——誰か掃除したらどうなんだ！**

キャッツ、酒瓶からラム酒をグイッと飲む。雨が降り出す。

キャッツ　そう来たか……雨……カンペキだ……ずぶぬれにしちまってくれ……ありがとよ……。

雨、雷、稲妻。キャッツ、天に向かって顔を上げる。

＊　この場では、ロビンと同じ役者がウエイター役で登場する。したがって、オリー役の子役を除けば（初演での予定では、すなわちマーバーの構想では）、この芝居の役者がすべて登場する場となっている。これはマーバーの計算によるもので、同じ役者にわざと複数の役をつけることにより、キャッツの頭の中で混乱する人間模様を舞台の上で具現化する手助けとなっている。したがって、この場で所持金すべてを失いその場から追い出されるというのは、家族も何もかも失うということを意味しているのかもしれない。

＊＊　原文は **CLEAN THESE STREETS!**「通りのゴミ（自分のような人間）を掃除せよ。つまり、堕落した繁華街を清めよ」の意味。

キャッツ　溺れさせてくれ、神様！

あんた神様かよ。あんなに思いやり深い父さんを殺すなんて。

母さんに何てことしやがった？　このクソ野郎！

誰もあんたを信じちゃいない。あんたを愛する奴なんていない。

それがお望みか？　こうやって俺にどっかのネズミみたいにキィキィ言わせておきたいのか？

暗闇の中でクソもらしちまう濡れネズミだよ。

永遠にさ迷い続けるただの血と水と骨……。もうたくさんだ！

俺に勇気をくれ！


キャッツ、瓶から酒をがぶ飲みし、ラム酒を体中に振りまく。

キャッツ　俺を焼き尽くして灰を吹き飛ばしてくれ。

マッチを一箱取り出してマッチを擦ろうとする。

キャッツ　俺の名前を記録から消して、この世に生まれなかったことにしてくれよ。

マッチに火がつかない。

キャッツ　役立たずめ。
稲妻で俺をぶちのめしてくれ！

両腕を上げて稲妻を自分の上に招こうとする。

キャッツ ダメか？
ダメなのか？
じゃ、どうしろって？
何をさせたいんだ？
俺に何をさせたいんだ？

キャッツ、吠える。酒をがぶ飲みする。よろめく。倒れる。

キャッツ 父さんを返せ。
母さんを返せ。
妻を返せ。
息子を返せ。

キャッツ、公園のベンチの横で酔いつぶれる。うつぶせになる。*

❖

* このあと、一幕冒頭の場面につながる。

時が経過し、夜の公園。現在。

キャッツ、公園のベンチに腰かけている。ラム酒の瓶をグイとひっかける。瓶を地面に置く。

灰色のビニール袋を開けて薬の入った瓶を取り出し、酒瓶の横に置く。次に折りたたみ式カミソリを取り出す。カミソリを伸ばして、刃を確かめる。それを地面に置く。

ポケットからヤムルカを取り出してかぶる。

キャッツ、腰かけて目の前にある「武器一式」を熟視する。

ロビン登場。マクドナルドの袋を持っている。

「武器一式」が目に留まる。キャッツを見て、それからベンチに腰かける。

ロビン、食べ始める。キャッツ、ロビンを見る。

ロビン、キャッツにチキン・マックナゲットを差し出す。キャッツ、断る。


ロビン　飢え死にするつもり？　原始的だな。気に入った。

一日中いたのか？

キャッツ、うなずく。ロビン、食べる。キャッツを見る。

ロビン　話したけりゃ、話せよ。
キャッツ　どうしてかまうんだ？
ロビン　言ったろ？　ちょっと*とはわかるって。経験あるもん。

＊　一一ページ参照。

キャッツ　何なの？　ちょっとしたミッドライフ・クライシスってやつ？

ロビン　ああ。けど、俺にはちょっとどころじゃない。（キャッツ、「武器一式」を見る。）あんたはどうやった？

ロビン、キャッツに両手首を見せる。

キャッツ　スープの缶のふたでやった。家《うち》に戻れよ。

ロビン　家《うち》なんてない。

短い間。

キャッツ　また作ったらいいじゃん。

ロビン　もう力が残ってない。

キャッツ　じゃあ自殺しろよ。

ロビン　そっとしといてくれたらするよ。

ロビン、食べ続ける。

キャッツ　肝っ玉がねえんだろ、あんた。本気でやるなら部屋の中に一人でこもるさ。けどあんた、ここに座って助けてくれって泣きわめいてるようなもんだよ。

ロビン　ぶっ叩くぞ。本気で、ぶっ叩くぞ。

キャッツ　おっと、怖い怖い。

キャッツ、ロビンの喉をつかむ。

キャッツ 殴られてえのか。

短い間。

ロビン （穏やかに）成長しろよ。

キャッツ、ロビンを離す。身振りでお詫びする。
キャッツ、しばらく歩き回って気を落ち着ける。

キャッツ 俺はバカだ。
失敗したんだ。
何もかも失くしちまった。
ここに一日中座って人が行き来するのを見てた……そしたらすごく……（キャッツ、片手を心臓のところに置く。）みんな、どうやって生きてるんだ？　一体どうやって？
で……一人一人の顔が……ほかの人の顔にダブって見えちまうんだ。言ってる意味わかるか？

ロビン いや、わかんね。

キャッツ （ため息をついて）いつもこうなんだよな。ちょっと詩を作ろうとか粋なことやろうと思ったら、決まって誰かが顔に屁こきやがるんだから。

ロビン、キャッツに薬の瓶を渡す。

ロビン さあ、やりな。

キャッツ、薬を二粒飲み込み、瓶をロビンに返す。

ロビン それじゃ足りないだろ。

キャッツ あ？　頭痛なんだよ。二日酔い。

キャッツ、ラム酒をぐいっと飲む。

ロビン モク、どう？

キャッツ、うなずく。ロビンからタバコをもらう。

ロビン 寝るとこあんのか？

キャッツ いや。心配いらねえ……。

キャッツ、酒瓶をロビンに差し出す。ロビン、ぐいっと飲んでキャッツに戻す。

キャッツ あんた……冷静だな。どうやったらそんなになれるんだ？

ロビン 練習さ。

＊ 原文は Katz thinks, decides against. decides against は、「自分が芸能マネージャーであることをロビンに告げることをやめる」の意味であろう。

＊＊ 落ちぶれたキャッツの前に現れ、何気ない会話でキャッツ

キャッツ、ロビンを興味深げに見る。

キャッツ　やっていこうってエネルギーはどこから来るんだ？

ロビン　名声さ。有名になってやる。どうやったらいいかわかんないけど、きっと……。

キャッツ、考えて、言葉*をのみ込む。

キャッツ　頑張れよ。

ロビン　行かなきゃ……。

キャッツ　ありがとうな。

ロビン　（肩をすくめて）あんたでも逆の立場だったらそうしたさ。

キャッツ　たぶんな。あんた、名前は？

ロビン　ロビン**。

二人、遠く***で聞こえる車の往来の音に耳を傾ける。

キャッツ　俺****には、その……息子がいる。十歳だ。この子が生まれた日のことは覚えちゃいるけど、でも……自分がどんな気持ちだったか思い出せない……。

俺の腕時計、持ってるか？

ロビン　売った。

を救うことになるロビンには、ほかのキャラクターとは明らかに違う役割が与えられている。この芝居に流れている宗教的なトーンや、第二幕で登場するロード氏（Mr Lord＝神）などの人物設定を考えると、ロビン（Robin）という名前になんらかの意味があると思われる。この名前から即座に連想されるのは「コマドリ」であろう。コマドリは『新約聖書』の中では、十字架を背負って歩いていたキリストの額に刺さっていた棘を抜いてやった際に、胸に血を浴びた、という話で登場する。人の名前としてのロビンの起源は、ノルマンディ公ウィリアム時代のロベルトである。また「ロビン・フッド」や漫画「バットマン」（一一五ページ参照）の相棒の名前なども連想される。

*** 車の音には場面を現実に引き戻す役割がある。

**** 五一、一三三、一五九―一六〇ページ参照。

短い間。

キャッツ ロビン……抱きしめてくれないか？

ロビン （微笑んで）ふざけんな。

ロビン退場。キャッツ、しばらく天を仰ぎ見る。

キャッツ 坊さんにでもなろうかな。（鼻で笑う。）そんなのいかがです？

キャッツ、シャツをまくってヘソ*を掻く。

キャッツ 俺たちみんな、生かしておきたいんだろ……そうだろ？

キャッツ、指にくっついた産毛をじっと見て、吹き飛ばす。

キャッツ あんたは一〇を引かなかった。リンダ・グロスマンが一〇を引いた。それが事実だ。
そうだろ？

「武器一式」を集め始める。

キャッツ 答えてくれよ。
一度だけでも？
お願いします。

* 七二－七三ページ参照。

キャッツ、カミソリに目をやって、それから袋にしまい込む。

キャッツ　クソ野郎。

ヤムルカを脱ぎ、ビニール袋を持って立ち去ろうとする。

立ち止まる。

静寂。

そして、ゆっくりと、記憶*がよみがえってくる……。

キャッツ　（静かに）……思い出したぞ……やっと思い出した……神様、ありがとう……答えなくていい……何もしなくていい……だって今日、あんたは最高のことやってくれたもの……ゆっくり休んでくれ……スリッパ履いてさ。
父さん……父さん、おじいちゃんになったんだよ、すごいよ……
男の子だ……十八時間も頑張って……三〇〇〇と三〇〇〇グラム**だ……バーンに言っといて！
バーンおじさんだよ。信じられる？
それからノームにも……ノームが名づけ親だって。
あ、母さん出してくれよ……もしもし、ばあちゃん……おはよう、ばあちゃん……ありがと……俺を生んでくれて……何てこった、ほんとに……ありがと……ジェスは元気だ……よく頑張ったよ、

* 五一、一三三、一五七ページ参照。

** 原文は seven pounds, four ounces

いつものように勇敢だった……あの痛みときたら……俺、気を失いそうだったよ……ああ、俺は大丈夫……奇跡だ……ほんとに可愛い……初めて見るちっちゃな兵士が、戦いから帰ってきたんだよ……何もかもが理解できる……何にでも姿があって形があって、中身があるってこと……。何もかもあるべくしてあるんだ……俺たち……俺たち独りぼっちじゃないんだ……つながってる、生きてるものひとつひとつに……あ、苔が生えてる、道路の割れ目に――この苔が愛しくてたまらない……母さん、俺、苔にキスするよ――いや、舐めやしないよ……。信じられる？　何もかもうそみたい。でもほんとなんだ。

静寂。

キャッツ、タバコを一服吸う。記憶が遠のく。

しばらくの間考える。

キャッツ　生きるんだ。

俺は生きたい。

教えてくれ、生き方を。

暗転。

訳者あとがき

作者パトリック・マーバー Patrick Marber は、一九六四年ロンドンに生まれ、オックスフォード大学ワーダム・コレッジに学んだ秀才である。長らくスタンダップ・コメディアンとして活動したあと、コメディー番組の脚本家兼出演者としてラジオ・テレビに進出した。

劇作家としてのデビュー作は一九九五年、『ディーラーズ・チョイス』*Dealer's Choice* である。この作品はイヴニング・スタンダード・ベストコメディー賞などを受賞し、マーバーは注目の若手劇作家として脚光を浴びる。

彼を国際的に有名にしたのは、一九九七年に発表した第二作目の『クローサー』*Closer* であった。『クローサー』はこの年の演劇賞を独占し、英語圏はもちろん、三十カ国語以上に翻訳され、世界の百を超える都市で上演された。この「二十世紀最後の国際的ヒットコメディー」により、マーバーは、世界で最も注目される劇作家のひとりとなったのである。

『ハワード・キャッツ』*Howard Katz* は、これに次ぐ第三作目として、二〇〇一年六月、英国国立劇場 Royal National Theatre の小劇場 Cottesloe で初演された。

『クローサー』は、題材のコマーシャル性・エンタテイメント性も手伝って、年齢・文化を問わない国際的な大ヒットとなったが、『ハワード・キャッツ』では派手なエンタテイメント性が抑えられており、ユダヤ人社会という特殊な文化的背景もあって、世界的なロングランとまではいかなかったようである。

しかしながら、マーバーが本作において様々な新しい手法を試みたことは注目してよい。『クローサー』に見られた抱腹絶倒の要素は大幅にそぎ落とされ、家族・友人・仕事・宗教といった人生の本質をじっくりと描くことに、むしろ力点が置かれている。また、男女四人のアンサンブルを重視した『クローサー』に対し、本作の主人公は完全にキャッツ一人である。キャッツは一度も退場することなく舞台上におり、周囲の人物を次々と入れ換えながら、あたかもキャッツの心象風景のごとく、全二十数場が、幕間をのぞき暗転なしで繰り広げられる。

キャッツ以外は一人の俳優が複数の役を兼ねるよう指定されており、人物のイメージが重なり合う演劇的効果をねらっているのも従来の英国演劇にはない大きな特徴である。

大ヒット作に恵まれた作家は、次作の出来如何で作家としての真価を問われるものである。興行的には前作ほど成功しなかったものの、『ハワード・キャッツ』が前作の成功に埋もれることなく、さらなる飛躍を試みた意欲作であることに異を唱える者はないであろう。

『ディーラーズ・チョイス』、『クローサー』、『ハワード・キャッツ』は、現代ロンドンを舞台にしたマーバー三部作trilogyと称せられる。二〇〇三年には、これらを収めた最初の戯曲集も英国で刊行された。今後、マーバー作品のスタイルがどのように展開してゆくのか、ファンとしては目の離せないところである。

翻訳に際しては、*Howard Katz*, Patrick Marber, Faber and Faber（ISBN：0-571-21005-8）を底本とし

た。原文には、ユダヤ人社会特有の語や表現が頻出する。これらは、ユダヤ人同士が分かち合う微妙なニュアンスをかもし出すのに効果を上げているのだが、翻訳ではそれを十分に伝え切れなかった部分も多い。翻訳作業の限界、訳者の力不足を痛感する次第である。

ところで本書は、二〇〇二年六月に出版された翻訳『クローサー』に続く出版である。『クローサー』出版の際と同様、『ハワード・キャッツ』も、二〇〇三年六月に福岡での上演（今回は本邦初公演）が予定されており、本書はその上演台本となる。地方都市で最新の翻訳劇を舞台にかけ、同時にその上演台本を出版するという試みが二年連続で実現したことは、僥倖と言わざるを得ない。

上演台本を兼ねるという性格上、せりふの決定は上演のための稽古と平行して行われた。特に、その演出にあたる演劇集団アントン・クルー代表の安永史明氏には、本文の入念なチェックをお願いした。また、福岡女学院大学助教授清川直人氏には装幀の担当を快諾された。

前作『クローサー』は岩井眞實・上田修の共訳であったが、本書から道行千枝・Evan Kirby を加え、四人のディスカッションによる翻訳作業を行っている。翻訳という作業が、本来個人による文学的営みであってみれば、共同作業はこれに逆行することになるのかもしれない。しかし、本書は上演を前提として書かれた戯曲であり、戯曲は上演によって初めて完結する演劇の一要素にすぎない。複数の目によって、舞台で実際に発せられるせりふとして成立するよう吟味を重ねることは、戯曲を翻訳する一つの方法として成り立つのではなかろうか。

なお、『クローサー』以来の翻訳から上演という一連の活動が、大学教育との関わりの中で展開されていることも付言しておきたい。具体的には、福岡女学院大学人文学部の授業の一環として、学生は上演までの各段階に教師と共に関わり、双方向の「学び」の体験を積み重ねてゆくのである。翻訳作業そのものも、こうしたホリスティックな活動によって支えられているといって過言ではない。本書をＦＪＤＣ（Fukuoka Jo Gakuin Drama Circle）のユニット名で刊行する所以である。

なお、本書は福岡女学院大学特別助成の補助を受けている。このような試みに理解を示された大学と、ご協力をいただいた多くの方々に心から感謝する次第である。

最後に、本作の出版にご尽力くださった海鳥社の西俊明氏、杉本雅子氏、田島卓氏に厚く御礼申し上げたい。

二〇〇三年六月

ＦＪＤＣ　岩井眞實
上田　修
道行千枝
Evan Kirby

訳者略歴

ＦＪＤＣ（Fukuoka Jo Gakuin Drama Circle）

岩井 眞實（いわい・まさみ）
奈良県生まれ。早稲田大学大学院文学研究科博士課程（芸術学・演劇）修了。現在，福岡女学院大学教授。専攻は演劇学。
主要業績：『江戸板狂言本　三』（共編，古典文庫，1991），『上方狂言本　九』（共編，古典文庫，1996），「身体への視点」（岩波講座　歌舞伎・文楽『歌舞伎の身体論』岩波書店，1998），「ものがたり　博多演劇史」（『博多座開場記念誌』博多座，1999），「元禄演劇の技法」（『元禄文学を学ぶ人のために』世界思想社，2001），「演劇と時間」（『時間と時』日本学会事務センター／学会出版センター，2002），『クローサー』（海鳥社，2002）

上田 修（うえだ・おさむ）
大分県生まれ。熊本大学大学院文学研究科修士課程（英語学専攻）修了。現在，福岡女学院大学助教授。専攻は Stylistics（英語文体論）・Mark Twain 他。
主要業績："The Language of Mark Twain's *The Diary of Adam and Eve*"（1988, Studies in English Language and Literature—A Miscellany in Honor of Dr. Bunshichi Miyachi），"The Language of Mark Twain's *The Adventures of Huckleberry Finn*—With Special Reference to Time Expression—"（1993, Kumamoto Studies in English Language and Literature No.36），『クローサー』（海鳥社，2002）

道行 千枝（みちゆき・ちえ）
福岡県生まれ。九州大学大学院博士後期課程（英語・英文学専攻）中退。現在，福岡女学院大学短期大学部講師。専攻はイギリス文学。
主要業績：「*Titus Andronicus* の森」（『福岡女学院短期大学部紀要』第38号，2002），「『モリソン旅行記』訳（Fynes Moryson, *An Itinerary*）」（『福岡女学院短期大学部紀要』第37号，2001）

エヴァン・カービー Evan Kirby
英国生まれ。私立ハワイパシフィック大学理学士経営管理学及び情報技術学卒業。ハワイパシフィック大学学習支援センターマネージャー等を経て，現在，福岡県教育庁教育振興部高校教育課外国語指導助手。

ハワード・キャッツ
■
2003年 6 月20日　第 1 刷発行
■
著者　パトリック・マーバー
訳者　ＦＪＤＣ
発行者　西　俊明
発行所　有限会社海鳥社
〒810-0074 福岡市中央区大手門 3 丁目 6 番13号
電話092(771)0132　FAX092(771)2546
http://www.kaichosha-f.co.jp
印刷・製本　有限会社九州コンピュータ印刷
ISBN 4-87415-446-8
［定価は表紙カバーに表示］